정태병
전 집

지은이

정태병(鄭泰炳, Jeong Tae-Byung, 1916~?) 전남 영광 출생, 동화작가, 1939년『매일신보』를 통해 등단.『조선동요전집』(1946)을 엮음.

엮은이

이동순(李東順, Lee, Dong-Soon) 조선대학교 자유전공학부 조교수. 가사문학의 산실인 전남 담양군 남면에서 태어나고 자랐으며, 전남대학교에서 「조태일시연구」로 박사학위를 받았다. 저서로『움직이는 시와 상상력』,『광주전남의 숨은 작가들』이 있으며, 편저로『조태일전집』,『박흡문학전집』,『목일신전집』,『목일신동요곡집』이 있다.

정태병 전집

초판 인쇄 2014년 11월 30일 초판 발행 2014년 12월 5일
지은이 정태병 엮은이 이동순 펴낸이 박성모 펴낸곳 소명출판 출판등록 제13-522호
주소 서울시 서초구 서초중앙로6길 15(란빌딩 1층)
전화 02-585-7840 팩스 02-585-7848 전자우편 somyong@korea.com 홈페이지 www.somyong.co.kr

ISBN 979-11-85877-86-0 03810
값 15,000원

정태병 사진

정태병

정태병

동생과 함께(왼쪽 동생 정태영, 오른쪽 정태병)

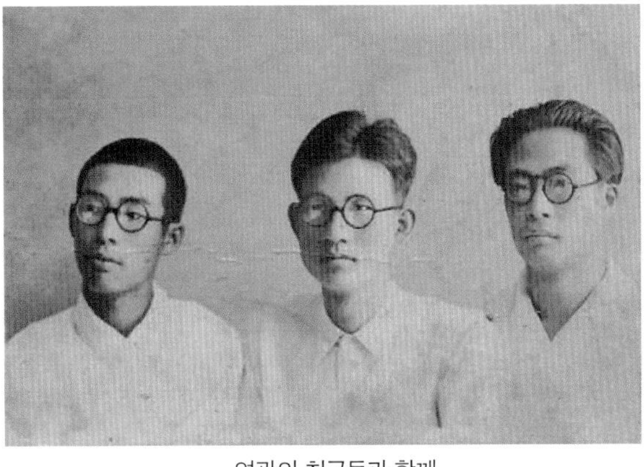

영광의 친구들과 함께
(맨 왼쪽이 정태병, 맨 오른쪽은 정종)

영광의 친구들과 함께(왼쪽부터 수필가(한글학자)조희관, 철학자 정종, 정태병)

영광의 친구들과 함께
(오른쪽 두 번째 정태병, 세 번째는 철학자 정종)

왼쪽 두 번째가 정종, 세 번째가 정태병

영광 가마미해수욕장에서

왼쪽 정태병, 오른쪽 철학자 정종

영광의 친구들과 함께(뒷줄 왼쪽이 정태병)

영광의 친구들과(앉아있는 이가 정태병)

철학자 정종과 함께 - 성묘를 마치고

영광중학원에서 영광민족운동가들과 함께

영광의 민족운동가들과 성묘를 마치고

영광의 민족운동가들과 함께(서있는 사람들 앞줄 오른쪽 네 번째가 정태병, 여섯 번째가 시인 조운)

영광의 민족운동가들과 함께(앞줄 왼쪽 두 번째가 정태병, 여섯 번째가 시인 조운)

영광의 민족운동가들과 함께
(탑에 앉아있는 오른쪽 두 번째가 정태병, 세 번째가 조운)

익산 미륵사지탐방 기념(왼쪽 정태병)

영광읍사무소근무시절

◀▼정태병의 결혼식 기념사진

정태병의 가족사진

정태병 어머니 김안의 장례식을 치르고 나서(정태병이 돌아오면 보여주려고 철학자 정종이 기록한 사진)

정태병의 책

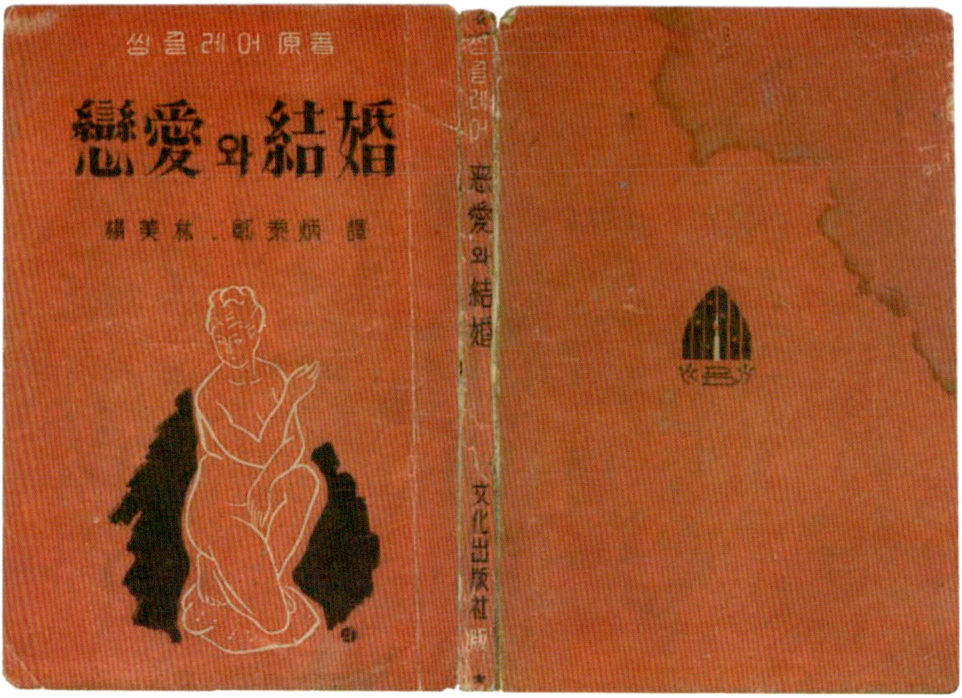

『연애와 결혼』 표지

『조선동요전집』 표지 · 뒤표지

정태병 전집

COMPLETE WORK-SERIES OF JEONG TAE-BYUNG

이동순 엮음

一男이의 그림
약속
동무와 우산
물방구
어머니
키뚜라미
조각달
십부름 가는 길
삼이와 아가
고개대답
아빠 무릎
어룸과자
회람반
나무와 바람
쥐이야기
소 이야기
봄바람
어린이날
성냥 찾을 성냥
다람쥐와 곰
錫ちゃんの 防空演習
석이의 방공연습
잠 안자는 소
秋風賦
양쌀
아동문화운동의 새로운 진망
하인과 상전
쎌 달린 말
수렁에 빠진 도둑

소명출판

일러두기

- 최대한 원전의 표기를 살렸다. 단, 시를 제외한 작품들의 띄어쓰기는 읽기 편하게 현대 표기법에 맞추어 수정하였다.
- 동요 원전 확인이 필요한 경우에는 권말 영인을 참조하기 바란다.
- 수필, 평론, 민화의 경우 독자의 편의를 위하여 한자로 표기된 부분을 한글로 바꾸고 한자는 괄호 속에 병기하였다.
- 『』로 표기되었던 대화문은 " "로, 생각이나 강조 등에 사용된 「」는 ' '로 수정하였다.
- 판독불가는 □로 표기하였다.
- タ와 〱는 앞글자로 통일하였다.

책머리에

정태병은 전남 영광출신의 동화작가이다. 정태병은 등단하여 한국전쟁 직전까지 작품활동을 하였으나 한국전쟁을 겪으면서 아동문학사의 뒤안길로 조용히 사라지고 말았다. 동화로 차별 없는 세상을 향해 비상을 꿈꾸었으나 한국전쟁 때 정세를 살피러 나간 후 아직까지 생사가 확인되지 않고 있다. 생물학적인 존재는 사라지고 없을 지라도 그가 남긴 작품을 한 자리에 모아 그의 문학적 성과를 집성하는 뜻은 한 시대를 살다간 작가의 작품이 망실되는 일은 없어야 한다는 것과 조명되지 않은 작가들을 호명하여 문학사적인 위치를 부여하는 것이 민족의 정신문화유산을 풍부하게 할 수 있다는 생각 때문이다.

정태병의 고향인 전남 영광은 물산이 풍부하고 정신문화가 발달한 지역이었기에 '호남의 이상향'으로 불렸다. 그래서 일제의 폭압이 험악하던 시절에도 억압에 굴하지 않고 민족운동을 가열차게 전개하였다. 수많은 단체들이 한 뜻으로 연대하며 지역의 역사와 문화의 자존심을 지켰던 만큼 한 지역에서 동시대의 많은 작가들이 탄생한 것은 문학사에서도 특이한 일이다. 특히 영광의 민족운동의 핵심에 시인 조운이 있었다는 점과 정태병은 영광 민족운동 수혜자 중의 한 사람이었다는 점은 시사하는 바가 크다.

정태병은 1939년 『매일신보』신춘문예 현상모집에 동화 「일남이의 그림」이 1등으로 당선되어 광주전남 지역 최초의 동화작가의 위상을 갖는다. 그는 서점 '풀잎사'를 운영하면서 동심에 관심을 갖고 아동잡지를 섭렵하며 동화를 썼다. 잠시 영광읍사무소와 호남신문사에 근무하기도 하였다. 그러다가 서울로 이주하여 조선문학가동맹에서 활동하였으며 한국전쟁 때 행방불명되면서 문학사에서 잊혀진 존재가 되었다. 그는 등단한 이후 20편의 동화를 쓴 것으로 확인된다. 이 전집에는 확인된 것만 수록하였으나 해방기에도 많은 어린이잡지에 작품을 발표하였을 것으로 추정되고 있다.

『정태병 전집』은 『박흡 문학전집』과 『목일신 전집』에 이어 광주전남 지역의 작가와 작품을 찾아서 정리하는 세 번째 결과물이다. 총 3부로 구성하여 1부에는 동화를 2부에는 동시 및 기타 작품을, 3부에는 『조선동요전집』을 영인하였다. 부록으로는 작품과 생애 연보를 실었다. 이 전집으로 하여 많은 연구자들이 작가와 작품들을 발굴하고 연구에 나서주었으면 하는 바람을 가져본다.

지난한 나의 길, 숨은 작가들을 찾는 그 길에 말없이 동행해 주는 많은 사람들에게 고마운 말을 전한다. 늘 밤늦은 귀가를 걱정하시는 어머니와 사랑하는 가족들과 형제들, 그리고 마음 모아 기도해주는 내 친구들도 고맙다. 그리고 길에 동행하면서 소장한 자료 『조선동요전집』을 아낌없이 제공해준 보성고등학교의 오영식 선생님과 출판을 맡아주신 소명출판과 열정을 다해 도와주신 편집진께 감사드린다. 그리고 무엇보다도 출판을 적극 지원해 주신 영광군에 머리 숙여 감사드린다.

가을이 깊어가는 무등산,
그 아래 비둘기 집에서
이동순 씀

목차

정 태 병 전 집

/1부/

동화

一男이의 그림

『매일신보』, 1939.1.15~19.

그리 오래지 안흔 옛날 남쪽 바다에 가싸운 어느 고을에 그림 잘 그리는 어른 한 분이 게섯습니다.

새를 그려 노흐면 초르르 나르는 듯하고 나무를 그려 노흐면 금방 부는 바람에 흔들흔들 흔들니는 것 갓태서 이러케 썩 잘 그리는 어른은 업섯습니다.

이름을 오석산이라 불러서 이 이름이면 동쪽에나 서쪽에나 다 알리워지고 내종엔 멀―리 서울싸지도 이름이 노파서 서울 장안 사람은 물론이요 이 굉장한 소문이 솟테는 대궐에 게신 임금님의 압페싸지도 퍼저 들어갓습니다.

그러나 이러케 이름 놉픈 어른에게도 한 가지 걱정이 잇서 오래동안 얼골을 찌프리고 다니게 햇스니 그것은 바보라고 불르게 된 큰아들 일남이 쌔문이엿습니다.

그림을 그리기 여러 해 이제는 아래턱에 하얀 수염이 나고 얼골은 마른 밀감갓치 쭈굴쭈굴하기 시작하자 이 오석산 어른은 고만 아들에게 그것을 가르켜 대를 이워 주려고 열다섯인 일남에게 붓을 들여 주고 푸른 소나무나 먼 산들을 그려 주면서 그대로 그림공부를 시키기 시작햇습니다.

그러나 일남이는 아버지의 백 가지 가르켜 주는 말에도 겨우 두어 마듸나 귀담어 듯는지 붓을 놀리는 열 가지 법을 일러주면 겨우 한 가지씀 외엇다가 얼마 안가서 그것도 이저 버리고 맘니다. 그래 그만 바보라고 불르게 될 것이 섭섭해서 아버지 석산 어른은 늘 걱정 걱정이 되었습니다.

그래 며칠을 두고 그림 공부를 시키랴고 애를 썻스나 가르켜 주는 아버지는 기가 맥히도록 일남이의 하는 짓이 바보 짓이엿기 때문에 그만 일남이에게 그림 가르켜 주기를 뚝 끈어 버리고 이제 겨우 일곱 살인 이남이에게 가르켜 대를 이어 주리라 생각해 버렷습니다. 아버지의 말을 꼬박꼬박 잘 들어 외우는 이남이는 늘 귀여워 귀여워하고 사랑하기 때문에 조흔 옷에 맛잇는 음식을 먹고 그날그날을 그림공부에만 보내게 되여 남이 부러울 만큼 퍽 편햇습니다. 그 대신 일남이는 아조 바보로 치우처 버리고 늙어 죽을 때까지라도 헌 누덕이만 걸치고 산에나 올너다녀 지게에 나무나 하여 가저 오라고 아버지가 꾸지람 꾸지 당해버렷기 때문에 그 모냥이 퍽 초라하게 되엿읍니다. 그리고도 끼니 때 밥상머리에 안즈면

"네 이놈 너는 꿍꿍 나무나 만히 해 오라니까 왜 오늘은 나무를 적게 해 왓느냐. 어대서 낫잠이라도 잔 게로구나. 차라리 그럴 테면 집에서 나가거라 이놈 ……"

이러케 일남에게는 호령 호령하는 쩍이 한두 번이 아니엿읍니다. 그럴 때마다 일남이는 아무 말이 업시 아버지를 무서워할 짜름입니다.

어느 날이고 아침밥을 먹기가 바쁘게 아버지의 재촉하는 호령이 무서워 지게를 질머지고 산으로 향할 때나 저녁 해가 어스름해서 꿍꿍 무거운 나무짐을 지고 집에 돌아올 때에 동생엿서슴니다만은

"그리고 공부를 못한다고 나는 이러케 미워하시는구나."

하고 홀로 서러워지기도 햇습 이남이가 조흔 옷을 입고 사랑방 아랫목에 안저 커다란 붓으로 그림공부에 열심 하는 것을 보면 일남이는 남모르게 서러워지며 부러워지기도 햇습니다.

꼿치 만발하고 새들이 지저귀는 따뜻한 봄날 나무하든 손을 쉬고 양지바른 잔듸 위에 뒹구는 때는 더욱 더욱 동생 이남이가 부러워지기도 햇습니다.

그래 일남이는 퍼런 하늘로 푸르르 날으는 새를 바라볼 때면 소나무가지를 꺽거점이라도 쑥 하나 찍어 새의 모냥을 그려 보기도하고 멀리 들판

을 건너 앗득하게 보히는 산봉우리의 모냥도 푸른 하늘에 대고 ᄶᅩ불ᄶᅩ불 그려보고 널분 들 가운데 구비구비 흘러 흘으는 푸른 강물의 모냥도 구불구불하게 잔듸에 그어도 보며 동생 이남이의 그림 그리는 흉내를 내보앗습니다.

이러케 날마다 바보 일남이는 뒷동산에 지게를 질머지고 와서 나무를 솔폭 밋에서 한 우쿰 두 우쿰 글거 모흐다가도 엽헤 넓다란 바위가 잇스면 생각난 듯이 돌맹이를 집어 들어 산의 모냥도 ᄶᅩ불ᄶᅩ불 구비저 흘러가는 강의 모냥도 구불구불 기다라케 그어보고 그리고 해의 모냥도 둥글둥글 그려보면서 그대로 서러워지기도 햇습니다.

“동생은 조흔 옷에 맛잇는 음식을 주고 날마다 편히 그림만 그리고 안저 잇섯는데 나는 이 ᄶᅥ러진 옷에 지게만 질머지고 날마다 나무만 해나려도 ᄭᅮ지람만 하고 미워만 하니…… 비러먹을 것.”

이러케 생각만 드러 아버지가 원망스러웟고 동생 이남이가 괜히 알미워지기도 햇습니다.

어느 날이엿습니다.

일남 아버지 석산 어른에게는 큰 경사스러운 일이 생겻습니다.

서울 임금님ᄭᅦ서 조흔 그림을 하나 그려 보내라고 번ᄶᅥᆨ번ᄶᅥᆨ한 비단으로 만든 커다란 평풍이 한 벌 내려왓기 ᄯᅢ문이엿습니다.

경사스러움은 석산 어른ᄲᅮᆫ만이 아니엿습니다. 왼 집안 왼 고을 안이 다―그러해서 누구나 입이 ᄶᅢ질 듯 벙긋벙긋 기ᄲᅥ들 햇습니다.

그래서 석산 어른은

‘일부러 임금님ᄭᅦ서 보내주신 것이니 지금ᄭᅡ지 그림 그려오던 전 힘을 다― 쏘다서 제일 훌륭하게 조흔 그림을 그리리라.’

생각하고 하로 이틀에 그려버릴 그림이 아니니 몃칠 몃달이라도 걸여서 ᄶᅥᆨ 훌융한 그림을 그려 올리리라 햇습니다.

그래 이 귀하고 훌륭한 비단 평풍을 사랑방에 조심히 펴노코 그 엽에는 방석만한 벼루에 흠썩 진하게 먹을 가러 두고서 그 우에 아주 커다란 붓을 가로놔 두엇습니다. 그리고 이 방에는 집안사람은커녕 개미색기 한 마리도 못 드러오도록 단단이 부탁햇읍니다. 귀하고 훌륭한 임금님께서 보내주신 평풍이니 누구나 손이라도 대서 쪼금이라도 더럽힐까 함에서 엿읍니다.

이러게 하여두고 어느 때나 조흔 그림이 번개갓이 머리에 써올으면 바로 그 붓에 그 먹으로 단번에 그려 버리려고 햇기 때문이엿읍니다.

그래서 조흔 그림을 생각 생각하기 열흘이 넘고 스무 날이 넘엇읍니다. 그동안 조흔 그림이 만이 만이 머리에 떠오르기도 해엇습니다만은 그보다 더 훌륭하고 임금님께서 첫눈에 곳 칭찬하시두록 조흔 그림이 생각나기를 기두르고 오늘고 팔장을 끼고 눈망울을 이리저리 굴리여 뒤울 안 대수풀을 거니러도 보고 압뜰 오동나무 밋을 거닐며 먼―들판 먼 산봉오리 멀리 푸르게 흘으는 강을 바라도 보고 이짜금 눈을 짝 감엇다 쓰기도 하면서 조흔 그림을 생각햇습니다.

집안에서나 온―골 안 사람들은 어서 어서 임금님께 바칠 그림이 하로라도 일즉 그리게 되면은 단 한 번이라도 얼핏 보기라고 햇스면 하고 누구나 다― 목에 침이 마르도록 기대리고 기대렷습니다만은 열흘이 넘고 스무날이 넘어도 아직 이루워지지 안흔 것은 더 썩 훌륭한 그림을 그려내려니 하는 석산 어른의 생각에서 엿습니다. 그래서 오늘도 반낫이 기울도록 뜰을 거닐며 눈을 스르르 감엇다가 다시 스르르 썻다 하면서 그림을 생각햇습니다.

바로 그때이엿습니다.

어느 날이나 다름 업시 동생이 얄밉게도 부러워지고 서러운 마음이 들게 되는 바보 일남이는 어느 때나 마찬가지로 뒷동산 바위에나 푸른 잔듸우에나 퍼러케 개인 넓은 하늘에나 아무러케 소나무 가지로 그리고 돌맹이로 그림 흉내를 내다가 그만 한낫이 되여버려 한 지게 가득히 나무를 못하고 할 수 업시 그대로 어슬렁어슬렁 점심밥을 먹으러 집에 도라왓습니다.

"나무를 한 지게 가뜩 못햇으니 어머니 아버지에게 꾸중 들으면 어쩔고?"

오며오며 이런 생각에 가슴이 무거워젓읍니다. 그랫더니 아니랄까 반 지게의 나무를 부엌에 내려 놋기가 바쁘게 부뜨막에서 일을 하든 어머니가 그만 호령을 퍼부엇읍니다.

"이 바보야 바보야. 밥만 한 그릇씩 퍼먹고 나무 한 지게 못해가지고 들어오니 너는 뭣 할태냐 이 바보야. 차라리 이놈 나가거라. 이 바-보 녀석아!"

이렇케 하시며 부지깽이를 들고 쪼아내는 것이엿읍니다. 일남이는 그대로 부엌을 쪼쳐나오며 금시에 우름이 터저나와 어머니가 원망스러운 것보다도 동생 이남이가 괜스리 얄미워젓읍니다. 그래 참지 못하야

"이놈 이남이란 놈 너 째문에 내가 …… 이놈-이놈을 주먹으로 그냥 ……"

하는 심사가 벌컥 이러나 조흔 옷을 입고 안저 아랫묵에서 그림을 그리고 잇든 이남이를 사랑방으로 쪼처 드러갓습니다. 분에 못 이겨 쌔근쌔근하는 숨소리로 방문을 덜컥 열엇읍니다. 그랫더니 방안에는 아무도 업고 다만 넓은 비단 평풍이 번쩍번쩍 빗나게 방에 펴 잇스며 엽헤는 방석만한 벼루에 까만 먹이홈뻑 그리고 커다란 붓만이 가루 노혀잇슬 짜름이엿습니다.

이것을 본 바보 일남이는 참지 못하는 분통에 그만

"애라 점사나 부리고 나가버리자."

하는 생각이 들어 그냥 그대로 달려들어 그 커-다란 붓에 까-만 먹을 홈뻑 무처 가지고 날마다 날마다 구불-구불- 아무렇케나 그려보는 푸른 강 흘으는 모냥을 비단 평풍 웃머리에 붓끗을 대자 냅다 죽-구부러지게 두어 줄을 그어버리고 그만 쎙 손이를 첫습니다.

"비러먹을 것 나는 헌옷에 맛 업는 음식을 주고 나무까지 해날러도 꾸지람만 한담." 이렇케 중얼거리고 헐레벌덕거리며 뒷동산 밋으로 줄다름

질을 처버렷습니다.

이러는 동안에 석산 어른은 이제까지 조흔 그림 생각을 가다듬고 가다듬어오다가 이때에야 저 멀—리 봉우리진 산들을 그려노흐면 그야말로 여태썻 그려온 수천 가지 그림 중에서도 제일 뛰여나 임금님께 넉넉히 바칠만한 훌융한 그림이 되겟구나 생각하고 먼 산을 바라보고 섯던 압뜰에서 그대로 빨리 사랑방으로 도라왓읍니다.

"올타! 이제야 훌융한 그림이 되는구나!"

하며 사당방에 들어가 보니 웬일인지 굿게 다더 두엇던 방문이 훨적 열어재켜 잇스며 그 귀하고 귀한 비단평풍에 구불구불 구렁이가튼 두 줄이 그어저 잇는데는 그만 얼골이 새파라케 질니고 두 다리에 힘이 탁 풀여 그 자리에 그대로 주저안저 버리고 마랏습니다.

"아이고 어쩐 놈이 이 못된 작난을……"

그래 소리를 질르고 야단야단을 하며 혹시 이남이가 이런 작난을 하지 안햇는가 그럿치 안흐면 집안에 다른 사람들이 하지나 안햇는가 호령호령을 하며 애를 탯습니다만은 아무나 도모지 모르는 일이엿습니다.

그리자 내종에

"나무를 적게 해와서 일남이를 쏘차냇다."

는 어머니의 말을 듯고 필경 바보 일남이 그놈이 그만 이 무서운 장난을 저질러 버린 게 틀림 업다고 생각한 석산 어른은 더욱더 화가 치미럿습니다.

이제는 이 못된 작난을 친 놈이 일남이라는 것을 아러냇스나 그것이 큰 일은 아니엿습니다.

그 먼— 서울에 임금님께서 내려 보내신 이 귀하고 훌융한 비단 평풍을 아조 못쓰게 맨드러 버린 것이 하늘이라도 문허질 크고도 큰 일이엇습니다.

그래 석산 어른은 그대로 평풍을 벽장 속에 너허 버리고 그만 머리를 싸매고 자리에 누어 씽씽 알키를 시작햇습니다.

그리고 "이 못된 놈 일남이를 잡어드려라" 호령을 무서웁게햇습니다.

"이놈 이 바보가튼 놈을 어쩌케 하나."
하고 분에 못 이겻습니다만은 그보다 평풍이 그 지경이 되여 버렷스니 임금님께 무어라 말을 올릴 재주가 업서 그만 무서웁고 괴로워 큰일이엿습니다.

저녁 때가 되여 사방이 고요해젓슬 때 바루 이때엿습니다.

어데서인지 퀄퀄퀄 세-차게 흘으는 물소리가 머리를 싸매고 끙끙거리며 누엇는 석산 어른의 귀가에 들려왓습니다.

"난데 업는 무슨 물이 흘으는 소릴까?"
하고 석산 어른은 눈을 뚱그러케 해가지고 귀를 쫑긋해가며 들엇습디다만은 퀄퀄퀄 물소리는 역역히 귀ㅅ가에 흘럿습니다.

그래 사방을 두리번두리번햇습니다만은 그런 소리가 날만한 것은 통 보히지 안혓기 때문에 그대로 벌덕 일어나 박갓흘 나가보앗습니다. 그러나 물 흘으는 소리가 들릴만한 것은 아무 것도 업습니다.

다만 들 가운데 가루질려 흘으는 푸른 강에서나 들려오는 게 안인가 하는 생각박게는 업섯습니다만 그 강은 아주 멀고 멀-리 떠러져 까마득하게 보히기 때문에 거기로부터 들려올 리도 만무하거니와 또한 이때썻 그런 소리는 한 번도 업섯기 때문에 더욱 이상이 생각되엿습니다. 그래 다시 방에 드러오고 마럿스나 더욱 더욱 역역히 물소리가 귓가에 흘으는데는 참으로 도까비갓치 이상한 일이 아닐 수 업엇읍니다.

나종엔 귀를 의심하고 두 손으로 두 귀를 꽉 막어보앗으나 그러면 그럴사록 강물 흘으는 소리는 퀄퀄 귀에 쟁쟁하엿습니다.

그래 하다못해 이제는 벽장 문을 가만이 열고 귀를 기우려 밧습니다. 그랫더니 아니랄까 퀄퀄퀄퀄 흘으는 강물소리는 바로 이 벽장 속 이 비단 평풍에서 나는 것이 아니겟읍니까!

석산 어른은 너머나 이상하고 가슴이 두근거려서 비단 평풍을 가만히 내려 방바닥에 펴놋코 바보 일남이가 저질르고 다라난 구렁이갓치 구부러진 두 줄 붓자리를 보고 보고 또 뜨더 보며 조용히 생각에 잠겻읍니다.

한 식경을 아무 말 업시 가볍게 숨소리만 헐덕헐덕 하든 석산 어른은 무릅을 탁 내려치고 두 눈에는 그만 방울방울 눈물이 매치기까지 햇습니다.

어제까지 여러 해 그림을 그리기도 만히 하고 더 조타는 그림을 보아 오기도 만히 햇지만 이러케 훌융하고 이러케 강 그대로 구불-구불 곳 퀄퀄퀄 펴런 강물이 흘으로 잇는 듯이 역역한 그것은 다른 어느 곳에서 보지 못하엿기 때문이엿습니다.

붓끗을 댄 곳이나 붓자루를 움지긴 자리나 붓끗을 떼고난 자죽이나 어느 곳 어느 자리를 가리지 안코 티끌만큼도 험 업는 이 그림은 임금님보다도 더 노프신 어른에게 보히게 된달지라도 하나 험 업시 훌융하게 썩 잘된 것이엿기 때문에 머리를 숙으렷든 석산 어른은 길-게 한숨을 도리키고 두 눈에 방울진 눈물을 훔치며 큰아들 바보 일남이를 두리번 두리번 차지섯읍니다.

(끗)

약속

『매일신보』, 1939.7.9.

"엄마 엄마!" 영님이의 젓먹이 동생이 어머니의 젓가슴을 헤치며 우는 소리를 처도 어머니는 끙끙 알흐시면서 통 정신이 업스신 모냥 대답도 못하십니다. 팔다리를 맥 업시 척 느리우시고 목이 마르신지 몃 차례고 입맛을 다시며 얼골을 찡그리시나 아버지는 박게 나가시고 영님이는 학교에 갓기 째문에 어머니 몸을 돌봐들일 사람이 업습니다.

어머니의 알른 소리는 점점 더 커지고 애의 엄마 불으는 킹킹거림도 더욱 더 노파만 갈 째입니다.

영님이가 학교에서 귀녀와 가치 산 넘어서 다니는 옥순네 집에 놀러가길 약속하고 바로 도라오는 길입니다. 낼이 공일이니 옥순네집 뒷뜰에 익어가는 빨간 앵두와 쏘한 노호라케 익은 살구도 맛이려니와 붓감자 연두콩 이런 것을 찌고 궈서 먹으며 실컨 논 다음 낼 저녁 해 으스름에 도라오면은 얘—참말 재미나겟구나— 그런 생각에서 서로 약속한 쓰테 우선 집에 책보를 두고 오기로 햇든 것입니다.

영님이는 뜰에 들어서자 동생의 울며 보채는 소리도 어머님의 끙끙 알흐시는 소리도 들엇습니다. 그래선지 훌짝 책보만을 던저 버리고 암 말도 업시 나와 버리기는 좀 안되엿습니다. 그러타고 어머니에게 허락을 엇자면 그는 아예 안 들어주실 것 가텃기 째문에 영님이는 애라! 말 업시 슬쩍 나가버리려니 하고 어머니가 아즉 못 뵈슬 것을 다행으로 여기며 가만 가만 섬돌에서 담장 겨트로 도라서는 길이엿습니다. 이째

"아이고— 물 좀 줫스면……"

이러케 어머님의 목마른 소리가 바로 들여왓습니다. 영님이의 가슴은

그만 쓰듬햇습니다. 그 소리를 듯고 그냥 모른 체 나가버리기는 참말 안될 일 가텃습니다. 그러나 한편 옥순이와 귀녀가 지금쯤 어서 오길 눈이 빠지게 기대릴 것과 맛진 살구며 앵두며 붓감자며 영두콩 이런 것이 아기자기하게 눈에 서언하거니와

"거즛뿌리! 가이네 약속을 줘먹는 거즛뿌리!"

혹은 이런 소리로 놀여 댈 것도 두려워서 마음이 달아 견댈 수 업섯습니다. 영님이는 오냐! 잠간만 더 어머님이 암말도 업스시고 보면 그만 모른 체 슬쩍 나가 그 담엔 다름질을 처버리리— 그러케 생각하며 가만히 귀를 종그렷더니 엄마를 불으는 애의 보체는 소리박게는 더 안 들리는 게 좀 다행한 일이엿습니다. 가만가만 영님이가 그대로 발을 옴기랴 할 째입니다.

"아유…… 이놈우 애 좀 누가 대려 갓스면……"

바로 영님이 잇는 걸 뻔—이 아르시는 것 가치 이런 소리가 들여오고 말 째 영님이는 참말 커다란 잘못을 저지른 거나 마찬가지로 한 번 더 가슴이 쓰듬하게 울렁거리며 다리에 힘싸지 탁 풀리는 것 가텃습니다. 아무래도 어머님 알코 게시는 걸 번—히 보면서도 모른 척 놀려 나간다는 게 참말 죄 될 것만 가텃습니다.

'잘못이다. 잘못이다. 아예 그런 약속을 하지나 말걸……' 이런 뉘우침이 생길 째 영님이는

"…… 어머니 학교에 다녀왓습니다."

싹 시침을 떼고 이제야 곳 도라온 듯 마루로 섭쩍 올라서서 애를 들처업고 어머니 이마에 손도 지펴보고 물도 써올리고 그리고 팔다리도 주무르며 그대로 어머니 몸을 보살폇습니다. 그러면서도 한편엔 약속을 어긴 일이 귀녀와 옥순에게 퍽 미안햇습니다. 만은 알코 게시는 어머니를 생각해서는 별 수 업는 일이엿습니다.

이러케 얼마가 지낫슬 째

"영님아—"

"영님이 거즛뿌리—"

기둘르다 못햇던지 귀녀와 옥순이가 다름질 처 들어오며 영님에게 눈을 흘겻습니다.

"쉬이 쉬." 영님이는 시끄럽게 말어 달라는 손짓을 하며 못 가게 되여 미안타는 눈치를 귀녀와 옥순에게 번갈러 해보혓습니다.

뜰에 우두커니 서서 어쩐 영문을 몰으든 귀녀와 옥순이는 어머니의 쌍쌍 알흐시는 소리를 듯고야 되려 미안한 듯 아무 말도 못하고 그대로 영님의 얼골만 측은히 바라보앗다.

동무와 우산

『매일신보』, 1939.7.30.

영길이와 삼이는 퍽 친한 새이입니다. 키가 알맞고 또는 가튼 학교 가튼 반에 다니기 째메도 그럴 테지만 그래서 보다도 둘이만은 남달리 훨신 친히 지냅니다.

그러기 때문에 영길이와 삼이가 어깨를 나란이 하고 학교엘 오면은 동무들은 의레 할일처럼 또 놀여대기 시작합니다.

"애—조하하는 쟁이들—네들만 그럴테냐?—우리와도 가티 좀 조하하자애—"

동무들은 서로 패를 지어가지고 둘러싸면서 이러케 비꼬는 소리를 합니다.

바로 코미트로 바짝 대들어서 토끼눈가티 똥그라케 눈을 해보히며 걸음을 가로 막기도 합니다. 째로는 책가방을 붓들고

"애 네들만 조하할 게 뭐냐 말이다 응—"

"말해라 말해 말 좀 해라."

여기저기서 이러케 졸라대며 말대답을 기대림에는 참말 딱한 일이엿습니다.

혹 길거리에서 맛나도 줄곳 학교에 다오두룩 짝 달라 붓터 성을 가시게 굼니다. 심제 변소에까지 짜러와서

"영길아 삼이와만 그러지 말고 나고도 조하하자 애야!"

그러고는 킥킥킥…… 한바탕 우서대고 다시 대듭니다.

허나 영길이는 그러타고 뭐라 변명이란다던지 "어째 그러냐"라던지 통 말대꾸를 안숩니다. 그게 도리어 나어서보다 삼이와 친하다는 게 뭐하나

나쌜 게 업기에섭니다. 삼이도 그랫습니다.

"애! 영길이가 너 오라드라!"

동무들이 이러케 놀여대며 입을 비쭉거려도 통 몰으는 체 해버립니다.

영길이가 그러듯 영길이와 조하한다는 게 뭐하나 나쌜 게 업기 때문입니다.

이러케 영길이와 삼이가 아무러치두 안케 다 마음속 조틋이 사실 동무들의 놀림은 붉워서 그러는지도 몰읍니다. 날이면 날마다 서로 소곤소곤 짝지어 다니며 싸움이라는 것보다 한 차례 낫불궁하는 일조차 업는 그런 일만도 우선 부러워 할 일인지 몰읍니다.

영길이와 삼이가 이러듯 친하게 된 것은 뭐 그다지 대서롭잔은 일에서 엿습니다. 참말 죄고만 일이 이러케 친이 새이를 매저준 것입니다.

그것은 어느 비나리든 아침—학교 가기에는 그래도 우산이 씍 필요한 그런 날이엿슴니다. 그러나 삼이는 우산을 못 가진 게 섭섭햇습니다. 그러타고 학교엘 쉴 수도 업는 일이거니와 또한 비를 게기 기대리자니 시간이 가차워만 오기 때문에 그도 못 할 일이엿습니다.

삼이는 그만 달음질로 골목을 우선 나왓습니다. 만히들 우산을 쓰고 동무들은 지나갓습니다. 그러나 무턱대고 동무 우산 속으로 쒸여들어 갈 수도 업거니와 그러타고 비오는 거리를 그대로 걸을 수도 업섯습니다. 삼이는 별 수 업시 가가의 처마 미트로 미트로 비를 거슬르며 걸엇습니다. 우산을 반드시 바치고 거닐든 동무들이 각금 가다 힐끗 도라다 볼쌘 우산 속으로 들어서라는 눈치조차 업고 말엇습니다.

비는 점점 악수로 퍼내리고 삼이는 퍽 동무들이 섭섭하기도 햇습니다. 그럴사록 동무 우산 속으로 들어슬 수는 업섯습니다.

이때 쑥쑥쑥…… 골목길에서 불근 바탕 우산 하나가 쏘 쑥 나왓습니다. 퍼붓는 비를 처마 안에서 기다리든 삼이는 어쩐지 가슴이 뜻끔햇습니다. 그래 그대로 도라서 몃 걸음을 옴겨버리고 나자니 뒤에서 불으는 소리가 들여왓습니다.

악수로 나린 빗소리 때메 쏙쏙히 들리진 안헛스나 힐끗 도라보니 지금 까진 그대지 친하게 지내진 안헛든 영길이엿습니다.

삼이는 부끄러운 듯도 하면서 반갑기도 햇습니다.

"삼아 이 속으로 돌어온!"

삼이는 영길이의 이 고마운 말에 장간 주춤거리다가 냉큼 어섯습니다. 우산 속은 퍽 안윽햇습니다. 비가 더 세차게 나릴사록 더 안오옥한 것 갓고 그러사록 압서 그대로 가버린 동무들이 한편 너머나 섭섭햇습니다.

삼이는 촉촉이 저즌 어깨를 만지면서 영길이를 아주 고맙게 생각하고 발을 옴겻습니다.

쑥쑥쑥…… 우산에 빗줄기는 세차게 나리고— 그 속에서 영길이와 삼이는 학교 문에 들어설 때까지 나란히 걸엇습니다.

물방구

『매일신보』, 1939.8.29.

영자는 마루에 걸터안저서 지금 비나리는 뜰을 내려다보고 잇습니다.

비는 아까보다 더 세차게 팔팔 쒸는 기운으로 나립니다.

흙이 톡톡 패이도룩 빗줄기는 굵게 사정 업시 막우 나립니다. 보기에도 무섭게 나리고만 잇습니다.

그래서 금시에 압흐로 나란히 낙수물이 나리기 시작하고 그러케 되니 뜰과 지금 영자가 안저잇는 마루와는 짝 막어젓습니다. 낙수물 포장입니다.

쭈루룩쭈루룩 비는 이러케 낫수물 소리를 내이면서 그대로 나란히 열 지어 노코는 그만 쑥 쓰첫습니다.

그러자 영자의 두 눈은 똘람똘람 참말 재미잇는 것을 보앗습니다.

동편 낙수물 자리로부터 빗물이 나즌 데로 내리고 내리는데 그 물 우에 하나도 더 되고 열도 더 되는 물방구가 둥 둥 이루워진 것입니다.

둥글둥글 합니다.

둥 둥…… 배 쩌나가듯 물방구는 곳 미쓰러 내려갈 듯합니다.

그런대 핫필 심술 사나운 일입니다.

낙수물이 그만 둥 둥 물방구를 내리깨처 버린 것입니다.

쏘록! 하는 사이에 웃봉우리를 폭 내리 써처버립니다. 그래서 물방구는 씨슨 듯 업서저 버렷는데 어느새 그런지 몰읍니다. 그 여페 다시 둥굴둥굴 박아지가튼 물방구 하나가 생겨 둥 둥 썻습니다.

이러케 되고 보니 참말 재미가 잇는데 이거 무슨 심사입니까.

낙수물 한 줄기가 둥 둥 박아지 물방구를 다시 부서버립니다.

영자는 섭섭해젓습니다. 업서저버린 그 자리를 멍—히 내려다 볼쌘 통 재미가 없습니다.

그리자 영자는 눈을 쏙바루 쓰고 이제 깨진 물방구가 어느 자리엿나 자세 구버보니 참말 다시 짬빡한 새이입니다. 크고 적은 물방구가 셋이나 낙수물에 톡 튀여나며 둥 둥 떠올늡니다. “오 오ㅡ”

이제 영자는 알엇습니다.

낙수물 제가 제 손으로 공을 맨드러 제 손으로 부시고 박아지를 모자를 쏘한 그러케 맨드러선 제 손으로 쉽사리 부서버리는 것입니다.

더 더 조흔 걸 맨들기 위해서 그러는지 모릅니다.

짬빡하는 새에 하나 둘을 맨드러 뱅그르르 돌여 보앗다가 잘되지 안헛스면 매를 째려 써처버리는 것 갈습니다.

아마 그러는지도 몰읍니다.

그러니 조흔 게 될야면 퍽 어려운 일인 모양입니다. 그리 쉽사리 되는 게 아닌 모양입니다.

그러나 영자의 맘엔 그까진 거 다 몰흡니다. 다만 어서 아무거나 아래로 아래로 둥 둥 둥 써내려 갓스면 참말 춤출 듯이 조흘 것만 갓습니다.

영자가 이러케 생각하고 잇는데 아마 영자 맘을 들어 줄래서 그러는지 몰흡니다. 아주 죄고만 물방구 하나가 꽤 오래두룩 써지지 안코 차츰 아래로 아래로 자릴 옴기고 잇는 걸 웃쏙에서 보앗습니다.

머 크거나 보기 조커나 그러지는 안습니다.

이게 영자의 마음 시원하게 부서지지 안코 내려갈 듯합니다.

그러니 영자 맘도 아슬아슬하게 재미가 잇고 물방구 제 맘도 한편 죄히면서 동동 조흘 겁니다.

물방구는 낙수물가로 살살 돌아 용하게 깨치지 안코 아래로 아래로 움지깁니다.

이러케 되니 영자 맘은 죄여 맵니다. 마루에 걸터 안즌 체

‘저게 어쩌케 되나?’ 하는 생각에 마음이 죄입니다. 영자는 아주 쏙쏙하

게 눈직히고 잇습니다.

구분 데를 돌다가 낙수물이 톡 튀는 바람에 움질하여 곳 깨처 듯햇다간 도로 일 업시 사알 살 미쓰러 내려가고만 잇습니다.

영자의 가슴은 다시 더 도곤도곤해갑니다. 멀리 가는 물방구의 가슴은 더 더 두근거릴지도 몰읍니다.

그런데 아이참! 그여코 얄미운 짓입니다. 또 어느새 그런지 몰읍니다. 눈 깜박할 사이에 물방구는 흔적도 업시 안보힘니다. 영자 마음은 허전하고 서운하기만합니다. 어느 낙수물 줄기가 그랫나 꼭 알고 십습니다. 알어만 내면은 그저 흠뻑 때려주어도 시원스럽지 안케 얄미웁습니다. 영자는 바로 낙수물 내려지는 처마 씃을 처다보앗습니다.

"어떤 게 심술을 부렷슬까?"

통 몰을입니다. 어느 게 어느 겐지 알 길이 업습니다.

똑가튼 모양 낙수물이 쭈루루쭈루루 작고 내리기만하니 어쩌케 알 길이 업습니다.

그래서 영자는 가지고 놀던 운을 일흔 것 가티 서운하기 그지업서 하는데 깜박 바로 압힘니다.

둥실둥실 아주 커다란 물방구와 거게 짜라 아주 죄고만 거와 둘이 나란히 둥둥 이루워젓습니다.

콩가튼 물방구가 영자에게 봐도란 듯이 한 차레 뱅그르르 돌면서 그대로 둥둥둥 써잇습니다.

(씃)

어머니

『매일신보』, 1939.9.24.

저녁때가 겨워 사방이 어둑해 저도 인숙은 도라오질 안습니다.

"오늘은 웬일일까?"

어머니는 더욱 걱정이 심해지십니다.

아침이면 가방을 들메고 마루를 내려서서

"어머니 학교에 다녀오겟습니다."

다시 집에 돌아오면

"어머니 다녀왓습니다."

의레 이런 인사를 이저버리지 안헛고 다른 데 놀러 갈 때에도 반드시

"어머니 순옥이 집에서 놀다 오겟습니다."

이러케 꼭꼭 말해오든 인숙이엿습니다. 그래서 어머님은 왼종일 인숙이가 집에 업서도 마음을 노흐시고 걱정하시는 일이 업섯는데 오늘은 이상한 일입니다.

"웬일일까?"

어머니는 걱정하시는 중에도 지금쯤 돌아오겟지 — 하시는 마음으로 다시 한 차례 부억 문을 내다보시나 인숙이의 그림자는 여전히 안보히고 마는 것입니다.

"입때 어쩐 일일까."

어머니는 그여 눈을 동그러케 쓰시고 부억에서 나오섯습니다.

행주치마를 입으신 채 인숙이를 차즈러 학교로 가보시랴는 길입니다.

어머니는 오시며 오시며 한 길 지나는 애들에게도 일일이 눈직혀 보앗스나 인숙이만은 찻지를 못하고 그대로 학교에 다다럿습니다.

학교는 쥐죽은 듯 고요합니다.

다—들 집에 돌아가 버리고 운동장은 텅 비엿습니다.

어머니가 사무실 문을 열자 바루 인숙이 반을 가르키는 여선생님이 책상에서 일을 보시다가 어머니를 마젓습니다.

"우리 인숙이가 여태 돌아오질 안허서 차저 왓습니다."

선생님은 어머니의 이런 말슴에 눈이 어머니보다 더 둥글해지시며

"학교에선 벌서 돌아갓는데요."

이러케 사실대로 말슴하시는 것입니다.

그래서 어머님은 걱정이 더 되시고 선생님께서도 또한 걱정이 시작되시는 것입니다.

"웬일일까요?"

어머니와 선생님은 서로 걱정하시며 마음을 조히실뿐 인숙이가 어데 간 줄은 통 알 길이 업습니다.

어머니는 더 잇스실 시간도 업는가봅니다. 그대로 반다름질을 치시며 학교를 나와서는 아저씨 댁 큰아저씨 댁에로 인숙이를 차젓습니다. 그리고는 다시 인숙이가 갈만한 곳 영님이 집에도 차저갓스나.

"온 일이 업다"는 말뿐이엿습니다.

어머니는 어쩔 줄을 몰으십니다.

다시 어데를 차저 가야 조흘지 몰음니다.

혹이나 그동안 집에 돌아오지나 안혓슬까 하고 다시 집으로 오섯습니다.

그러나 인숙이는 여즉 오지 안혓습니다. 어머니는 걱정이 더 되시여 가슴만이 두근거릴 뿐입니다.

어머니는 다리도 아프실 것이나 쉬실 마음도 업스신지 다시 문박그로 나오십니다.

그대로 어머니께서는 인숙이 동무 성이네 집으로 차저가시랴는 길입니다.

성이 집은 꽤 먼 길입니다. 이제는 사방이 완연이 어둑해지고 거리에는 전등도 켜젓습니다.

한 길을 지나 골목을 빠저나오시고 다시 한 길을 지나 골목길에 들어 지금 성이 집에나 인숙이가 호옥 잇슬까? 차저 가시는 길입니다.

그런데 인숙이는 성이도 아닌 귀남이 집에서 여테 놀다가 이제야 집에 돌아가고 잇섯습니다.

어머니께서는 지금쯤 인숙이가 집에 돌아왓슬 일을 알 길이 업스십니다.

숨을 헐레헐레 가쁘게 도두시며 성이네 집에로 인숙이를 차즈러 반다름질을 치십니다.

귀뚜라미

『매일신보』, 1939.10.8.

생썸한 밤입니다.

삼이는 문을 열고 박글 내다봅니다. 뜰도 지붕도 모다 먹가티 써먼 밤입니다. 바루 뜰 압도 섬돌도 먹을 가러 부은 듯 색써머케 어둔 밤입니다.

다만 하늘에 별들만이 썸벅썸벅 빗츨 내고 잇는데 쏘르르르……

아싸부터 들여오든 귀쑤라미 소리가 끈첫다가 다시 들여옵니다.

삼이는 생썸한 어둠이 조하서 박글 내다보고 잇는 게 아니라 귀쑤라미 소리에 자려다 말고 문을 연 것입니다.

쏘르르르……

쏘르르 쏘르르

귀쑤라미 소리는 다시 들려옵니다. 어데로부터 들려오는지는 몰읍니다. 멀리서 들리는 것도 갓고 바루 압헤서 들리는 것도 갓습니다.

그래서 삼이는 귀를 종그렷습니다. 어느 곳에서 들려오는지 어써케 생긴 것인지 무척 알고 시픈 마음으로 귀를 종그립니다. 삼이는 귀쑤라미를 본 적이 업습니다. 다만 쏘르르…… 소리에 귀쑤라민 줄만 알 싸름입니다.

귀쑤라미 소리는 다시 들여옵니다.

쏘르르 쏘르르

그냥 소리만 들여올 쑨입니다.

삼이는 방에서 마루로 나와 귀를 기우립니다.

하늘엔 별들이 썸벅이며 수업시 빗츨 내이고 가을바람이 싸아하게 불어옵니다.

삼이가 들으랴는 귀쑤라미는 그대로 방향 업시 들리기만 합니다.

귀뚜라미 귀뚜라미 삼이의 귀는 그여 귀뚜라미 소리를 차젓습니다.

바루 압 섬돌입니다. 분명 어둠속 섬돌에서 들여온다고 삼이는 생각하고 잇습니다. 별다르게 귀를 종그리고 들어도

쏘르르……귀뚜라미는 섬돌에서 들여오는 게라고 삼이는 생각하고 잇습니다.

한 열흘 밤이 지냇습니다.

캄썸하든 밤이 차츰차츰 훤하게 발거지는 밤이되여왓습니다. 그것은 달 때문이엿습니다.

쪼각달이 반달로 그 반달이 둥글런 달이 되여 하늘 가운데 둥실이 자리잡고 잇스니 사방은 낫가티 박습니다.

달이 발근 오늘밤 삼이는 자려다가 문을 열엇습니다.

달 때문에 문을 열고 박글에 내다봅니다. 귀뚜라미 소리가 오늘밤은 더 쏙쏙히 들여오기 때메 박글 내다보는 것입니다. 아주 둥실둥실한 달 볼사록 커지며 발근 달입니다.

달빗 때문에 지붕도 훤하고 뜰도 훤하고 섬돌도 훤한 밤입니다.

쏘르르 쏘르르 귀뚜라미 소리는 다시 들여옵니다. 섬돌에서 들여오든 그 귀뚜라미 소리가 달이 써잇는 오늘밤엔 더 크게 들리는 것만 갓습니다. 달빗츤 그 섬돌도 훤하게 비치고 잇습니다. 큼직큼직한 섬돌이 뜰 압흐로 나란히 뇌엿습니다.

삼이는 섬돌에 귀를 기우립니다. 귀뚜라미 소리를 다시 한 번 들으랴고 귀를 기우립니다.

그러다가 삼이는 귀를 의심해버렷습니다.

달빗츤 철철철 섬돌을 훤히 비처주는데도 귀뚜라미 소리는 섬돌에서 들리지 안키 때문입니다. 이상한 일입니다.

컴컴한 밤 그 섬돌에서 들리던 귀뚜라미 소리가 지금엔 딴 데서 들여옵

니다.

삼이는 귀를 다시 한 번 의심하고 허리를 굽혀서까지 귀를 기우렷습니다.

쏘르르르……

분명히 귀뚜라미 소리는 느러지게 들여 올쁜 섬돌에서는 들리지 안코 맙니다.

삼이는 머리를 들어 달을 우러러 봅니다.

둥실한 달 볼사록 커지는 달 볼사록 발거만 지는 달을 삼이는 멍－히 우러러 보며 귀뚜라미 소리를 듯습니다.

삼이는 한 식경 그대로 바래다가 잠깨인듯 귀뚜라미 소리를 차저냇습니다.

쏘르르르……

귀뚜라미 소리는 훤한 달에서 들여오는지를 알엇습니다. 지붕도 뜰도 섬돌도 비춰주는 달빗과 함께 달에서 흘러나오는 소리임을 알엇습니다. 삼이는 그냥 섬돌에서 귀뚜라미 소리를 들으랴 햇스나 그러면 그럴사록 달에서만 들여옵니다.

쏘르르르 쏘르르르

쏘르르르……

삼이는 지금 귀뚜라미 소리를 달에서 듯고 잇습니다.

(쯧)

조각달

『매일신보』, 1939.11.12.

조각달이 으스름하게 비치는 어느 날 밤 도적이 제집을 나왓습니다.

사람들은 누구나 다 잠속에 들어 그림자도 안보히는 밤중입니다.

도적은 어두운 길로만 걸어서 어썬 골목을 잡어들어 어느 집 담을 쒸어 넘엇습니다.

물건을 훔치랴고 남의 집을 몰래 들어가는 것이니까 가슴도 울멍울멍 할 쑨더러 손발까지 덜덜 썰렷스나 으서저라 이를 갈어 부치며 마음을 단단히 먹고 들어갓습니다.

삼분 담을 쒸여 넘자 귀를 기우려 집안을 살피니 역시 이집에도 잠속에 들엇는지 쥐죽은듯 고요햇습니다.

그래서 한편 마음이 노히긴 햇스나 휙! 지나는 바람소리에도 몸을 움칠 머리씃이 쑤볏해지고 가슴이 내려안젓습니다.

도적은 잠간 아무 소리가 업는 것을 다시 살핀 다음 가만가만 발소리를 죽여 가며 첨아 미트로 걸음을 옴겻습니다.

주인이 잇슬 곳에 가까울수록 가슴은 더 두근두근 방맹이질이 심해지고 다리 오곰은 달달달 치움에 썰듯햇습니다.

그러나 한 번 들어온 길이니 아무거나 쌜리 훔처가지고 쌩 손이를 처버리려는 생각으로 슬금슬금 아프로 발을 내듸드며 두리두리 무엇을 차젓습니다.

으스름 달밤이니 코압헤 잇는 절구통이 볏섬 갓기도 하고 볏섬이 절구통 가티도 보히기만 하는데 이때 왼쪽 뒤 어둑한 곳에서

"쿠—" 쏘다시

"쿠─" 이러케 코고는 소리가 들려왓습니다.

그러고 보니 쌈짝이야 뒤를 힐끗 돌아다보자 그만

"이게 뭐냐?"

하고 겁을 집어 먹엇습니다.

도적은 지체할 새도 업시 걸음아 어서 살려라 하고 넘어왓든 담을 어쩌게 넘은지도 몰으게 바람가티 또 뛰여 넘엇습니다.

골목을 죽자하고 달려 나와 다시 골목길로 쌩 손이를 치며 뒤를 또한 차례 힐끗 도라다 보앗습니다.

그래도 역시 거뭇한 사람의 그림자는 그대로 달음질처 쌀아오기만 하는 것입니다. 한 식경을 달어나도 뒤짜라 오는 발자욱 소리가 역역히 들리고 그째마다 힐끗 돌아다 봐도 그림자는 안노치랴고 뒤쏘차만 오는 것입니다.

도적은 그럴사록 더욱 힘을 내여 외진 길로만 달음질 치다가 '─에라 막다른 골목 이러케 되면 별 수 잇스랴 누가 죽나 쌀아오는 놈과 한 판 힘을겨누어 볼밧게─' 하고는 "이놈아─"

소리를 벼락가티 질으고는 뒤도라서며 돌가티 단단히 쥔 주먹을 번적 처들엇습니다.

이러케 되면 한판 아슬아슬하게 재미잇는 싸움이 버러질 것이나 그만 도적은 눈을 싸막싸막 어이업서하면서 처들엇든 주먹으로 제 이마에 식은 쌈만 씻고 말엇습니다.

그러고서 가슴이 터지거라 숨을 크게 쉬며 다리에 힘이 탁 풀려 제 먼저 그 자리에 쓸어지고 말엇습니다.

남의 물건을 훔치러 마음을 죄고 담장을 뛰여넘엇든 도적은 겁결에 제 그림자로 그러케 놀랫든 것이며

"쿠─쿠─" 하고 골던 코소리는 돼지우리에서 나온 소리엿던 것입니다.

이런 우수운 꼴을 구경하기는 다만 으스름하게 비치고 잇는 쏘각달쌘이엇습니다.

심부름 가는 길

『매일신보』, 1939.12.24.

삼이가 학교에서 돌아오자 어머니는 심부름을 식혓습니다.

"삼아 똑똑히 들어 홰사 아버지에게 가서 말야"

"네!"

"저녁에 손님 모시구 오시겟느냐구? 그리구 큰아저씨와 영수 아버지도 가치 오시게 되느냐구— 알엇니?"

"네!"

"빨리 와야 한다. 한 길에서 눈 팔지 말구."

삼이는 어머님 말슴대로 빨니 다녀올량으로 집을 나왓습니다.

엿준 심부름 말슴을 안 잇기 위해서

"저녁 손님, 큰아저씨, 영수 아버지……."

골목을 나와서 쌀가게를 지나서 담배집 병원을 지나면서도

"저녁 손님 큰아저씨, 영수 아버지……"

이러케 입속으로 머리말만 외며 외며 걸엇습니다.

발걸음에 마춰서 "저녁 손님" 또한 걸음에 마춰서 "큰아저씨" 다시 한 걸음 쎄 옴기면서 "영수 아버지" 이러케 외기도 하면서 걸엇습니다.

쌋쌕 어찌하다 돌에 발쑤리를 채여 하마트면 아프로 자빠질 뻔 하엿슬 때 까막하게 어머니 엿준 심부름 말슴이 금방 이저버려지기도 햇습니다.

그러나 지금껏 오며오며 중님 염불하듯 외고 왓기 때문에 또다시 한 두 차레만 머리를 되웃거리고 생각을 하면 외여진 그 말이

"저녁 소님……"

부터서 부드럽게 입에 도루 올랏습니다.

그래서 삼이는 이발소도 지나고 담배 가게도 또 하나 지날 때까지 어머님 엿준 말슴을 이저버리지 안헛습니다.

하마트면 큰 상점으로부터 울여나오는 유성기 판소리에 귀가 팔려 짬짝 이저버릴 번도 햇고 짤랑짤랑 달여오는 자행거를 피하랴다가도 왼인 심부름 말슴을 그만 이저버릴 뻔도 햇습니다.

그러나 삼이는 역시입속으로

"저녁 손님 큰아저씨 영수 아버지"를 한써번에 잿빨리 외기도 하여 이저버리지 안코 아버지를 차저가는 길입니다. 그러다가 삼이는 주춤 왼편 골목 박게서 걸음을 멈춰 버렷습니다.

그러면서 두 눈을 똘람똘람 아페 모아선 수만흔 사람들을 둘러보게 되엇슴니다.

너도나도 넘어다 보랴고 둘러싼 그 속에서

"이눔! 이눔……"

고래고래 악소리가 들여 나오고 잇다러 기가 막킨다는 우숨소리가 굵게 흘러나오기도 햇습니다. 커단 어른 둘이서 판싸움이 얽킨 것입니다. 두 어른은 멱살을 으서저라 붓들고 목창이 쩌나갈듯 악소리를 질으면서 싸우고잇습니다. 그러나 둘러선 사람들은 다들 재미잇는 얼골로 바라보고 잇습니다.

그래서 삼이도 한 사람 구경꾼이되여 눈을 똘람거리고 여러 사람들 틈에 씨게 되엿습니다.

다른 생각은 통 이저버리고 두 어른 중 어느 편이 더 힘세여 이겨가나 의아하고 재미잇는 눈으로 구경하고 잇습니다.

싸움꾼 두 어른은 코를 벌름거리고 숨을 가쁘게 내쉬고 눈은 아조 소눈깔도 갓습니다. 옷을 거더 올린 허벅진 다리 멱살을 잡어 다렷다 폇다 뭉클한 두 팔의 살덩이 삼이는 이런 데에 눈이 팔리기도 하며 구경을 하고 섯습니다.

이러케 여러 사람 틈에서 얼마동안 싸움구경을 하다가 죽! 둘러선 구경꾼들 중에서 안경을 쓰고 수염이 색카마케 도든 쪽 아버지 가튼 어른을 보고나자 삼이는 깜짝 어머니 심부름 생각이 떠올랏습니다.

"아차 이젓구나—"

번개가티 심부름생각이 떠올라 지금이라도 다름질처 가량으로 만흔 사람들 틈을 비좁아 뚤코 나왓습니다.

몃 걸음 삼이는 그대로 발을 쎄 옴기다가 우선 어머니 엿준 말슴을 다시 한 번 외여 봣습니다.

그랫스나 이상한 일입니다.

아무리 고개를 갸웃거리고 아버지에게 엿줄 말슴을 생각해봐도 금방 외여 담엇든 그 말이 까막하게 입에 올으지 안는 것입니다.

엿듯는 모냥으로 귀를 자욱하고 고개를 갸웃거리나 입에 올으지 안코 맙니다.

어머니가 엿준 그말슴— 그 말박게는 더 이저버리지 안햇는데 어쩐지 손에 들엇든 물건을 이저만 버린 것도 갓습니다.

아주 서운하기 그지 업습니다. 엿줍는 어머니 입모습 그 말을 외이며 골목을 나와서 거리를 걸어서 담배 가게를 지날 째 다시 여러 번 외여보고 그래서 이곳까지 다다른 일을 차레 차레 머리에 그려보며 생각해 봅니다.

가물가물 엿준 말슴이 곳 입에 올을 것 가트면서도 그만 생각키이지 안는 것입니다.

아버지도 기다리실 것 갓고 어머니는 더욱더 기대리실 것이고—그러나 삼이는 심부름 말슴을 생각해 내기에 다시 한 번 머리를 갸웃거려봅니다.

싸움판에서는

"이눔 이눔!"

고래고래 굵은 소리가 얄밉게 들여오기만 합니다.

삼이와 아가

『매일신보』, 1940.3.3.

아가는 쌕쌕 잠을 자고 삼이는 여페서 공부를 합니다.

어머니가 자는 아가를 삼이에게 매끼고 나드리를 가섯습니다.

“조용히 공부해라 아가 깨지 안투룩” 그러시며 어머님이 가섯기에 삼이는 참말 조용히 눈으로만 글을 읽고 잇습니다. 파리란 놈 한 마리가 아가의 귀에서 입으로 한참을 놀아대도 쌕쌕 아가 모르고 잠만 잡니다.

꽉 쪄안고 십두룩 예쁜 아가의 얼골입니다. 두 볼이 애도차치 빡레가지고 잘자든 아간데 어느새 그랫는지 저 혼자 눈을 말똥말똥 떳습니다. 그러더니 아—아— 울음을 내버립니다.

삼이는 얼핏 아가 등을 짜독 짜독

“오—자거라 자 오—우리 아가.”

엉석가튼 말씨로 다시 재우랴고 해도 못들은 체 아가는 우름은 안그침니다.

아마로 마루에 고놈 쥐색기 쌕—쌕 하는 소리에 쌧나봅니다.

삼이는 공부도 채처노코 닷 짜독짜독 달래나 아가는 보재기를 거더차며 웁니다.

“오—우리 아가 울지마!”

그여 삼이는 아가를 들처 업엇습니다.

그래도 아가는 바륵바륵 아조 떼를 쓰며 울기만합니다 아조 성기가시는 삼이 마음입니다

그래서 이제는 아가 엉덩이를 둥 둥 들석거려주며 달래봅니다. 그대로 마루를 건너 건넌방 큰방으로 한 바퀴 돌아오고 가고 다시 오고가며 달래

도 봅니다.

그러나 아가 우름은 막묵아냅니다.

제 맘대로 울고 떼쓰고 집안이 써나갈 듯합니다. 삼이는 그여코 뜰로 나왓습니다.

어머님이 하시든 대로 아가 볼기를 부드럽게 짜독거리고 소리소리 중얼거리며 어서 우름 끄치기를 바래봅니다.

그저 쑥 우름소리를 끄치기 빌면서 뜰을 몃 번이고 돌아다닙니다. 반다름질도 치고 되도라 오고가고 비는 마음으로 아가를 달래나 아가는 아가대로 삼이 맘을 몰라줍니다. 왼뜰이 게 우름소리임니다. 하마 어마님이 오시리 문 켠을 몃 번째 도라다 보나 그대로 어머니는 오시지 안코 아가는 울싸름입니다. 박박 애가 탐니다, 어머니가 원망스럽고 아가가 얄밉니다.

삼이는 이러케 애가 달어도 아가 우름은 그대로 놉기만하는데 싸악싸악 싹싹싹 바루 집웅 우에로 가마귀 한쎄가 색카마케 날릅니다.

휘— 바람소리가치 가마귀들이 몰엿갓다 다시 몰여와서 집웅 우를 드놉히 돕니다.

삼이는 잠가 가마귀들 노는 게 재미 잇서서 고개를 처들고 바라보다가 다시 한 번 아가를 달래봅니다.

"오— 우리 예쁜 아가 가마귀들이 울지 마란다. 오—우리 아가 저 봐라 저 봐." 그러나 아가 우름은 안 그치고 가마귀 가마귀들은 휘— 소리를 치면서 멀리 집웅 넘어로 안보히고 맘니다.

그러고 나니 아가 우름소리는 한층 시끄럽고 어쩐지 어머니가 더욱 원망스럽습니다.

그냥 울화가 끄러나게 아기가 얄밉기 그지업습니다.

삼이는 업은 아가를 뒤흔들고 몸부림을 처봅니다.

절퍽 아가 볼기를 매부처도 봅니다. 얄미운 김에 다리 오곰을 꼭— 쏘집어도 봅니다.

그럴사록 아가 우름은 참말 애가 달토록 귓창이 떠나갈 지경입니다.

삼이는 다시 아가가 아푸두룩 쪼집으며 애가 탑니다. 절퍽절퍽 볼기를 미워라고 매부티며 박—박 애가 탑니다.

삼이는 그여 얼골을 찡그리고 곳 울듯해젓습니다.

아무리해도 우름을 안그치는 아가 때문에 금방 우름 탑터지 듯한데 원망스러운 어머님이 웃는 얼골로 달여 들어오십니다.

그러시면서 삼이보다도 아가에게 두 팔을 내밀엇습니다.

왼걸 그러고 나니 이제썻 울기만하든 아가는 그만 어머니 젓쏙지를 물고 우름을 쑥 그첫습니다.

그 대신 삼이는 와— 우러버렷습니다. 아가 우름소리보다 크게 와—우름을 못 참으며 아가가 더욱 얄밉습니다.

고개대답

『매일신보』, 1941.6.2.

정식이는 아직 말은 잘 못해도 대답 하나는 잘도 하지요. 말로 하는 대답이 아니라 끄떡 고개대답이예요.

어쩌케 됏든 어니 정숙이버덤 어머니 말슴을 잘 듯기론 정석이가 첫째예요.

"너 이쁘지"

하고 물으시면 그러타는 듯이 고개가 부러지거라 끄떡끗덕허지요.

"너 밉지"

그러면 정석이는 두 눈을 쪽-쪽하게 반짝거리다가 난 몰은다는 듯이 그만 끄떡해버려요.

째로는 젓을 달라고 엉석을 부리고 부리기도 하지만 어머니가 젓꼭지를 가만히 물려주며

"자 조곰만 먹고 자자 응-"

그러케 타일르기만 하면 정석이는 엄마의 웃는 두 눈을 치어다보면서 끄떡 또 끗떡 고개대답을 썩 잘 하고나서요.

쪼옥 쪽 소리가 나두룩 오목한 눈으로 엄마 얼골을 힐금힐금 보아가며 젓을 빨고나서 정석이는 참말 어머니 말슴한 대로 조고만 베개를 베고 코- 자기 시작해요.

그러면 엄마는 볼그레한 정식이 두 뺨을 으서저라 비벼대시면서 입을 마초시지요.

찡찡보 찡찡보 어머니 말슴이나 또 누구누구 말에도 의레 대답이 업시 눈만 내리까는 정석이더러 보라는 듯이 어머니는

"오— 우리 정석이"
하시며 꼬옥 껴안어까지 주세요.
엄마 말슴을 정석이가치 꼬떡꼿떡 잘 들어야만 예쁜 모양이예요.

아빠 무릅

『매일신보』, 1941.6.2.

삼이는 아빠 무릅에 안저 밥 먹기를 조하해요.

드북이 뜬 수깔은 커단 아빠 입으로 천천히 들어가고 죄곰 뜬 수깔은 오목한 삼이 입으로 낼름 들어가고요.

그러면 삼이는 어느새 오목오목 쏠짝 삼켜버리지요.

그러고 나서 쏘 아빠 입을 쪽바루 치어다보며 다음 수깔을 기둘르고 잇서요.

아빠가 밥을 우물우물 삼키시면 삼이는 쏠짝 침만 삼키고 그대로 어서 죄고만 수깔을 기대려요.

쏘 오목오목 쏠짝 삼키려나 봐요.

(끚)

어름과자

『매일신보』, 1941.7.14.

쏘약벼치 쨍쨍 내리 퍼붓는 날이엿섯요. 짱김이 그만 훅훅 화로가티 더운 날이엿서요.

정윤이는 학교에서 도라오자마자 얄긋얄긋 어머니를 졸랏지요.

"어머니― 이전만― 나 어름과자 먹을테야―"

어머니는 돈이 전이 업섯든 건 아니나 어름과자 사먹는단 말에 첨부터

"안 된다. 배탈 나면 어쩔테야―"

그러시며 안 들어주섯서요.

그럴사록 정윤이는 우는 소리로 졸르기만 햇지요.

"흐응― 어머니― 이전만―"

아마 열 번 스므 번은 거듭햇슬 거요.

그래도 어머니는 몰으는 체만 하고 게시더니 정윤이 졸르는 게 아무래도 긋치찔 안흘 거 가트니까

"정윤아 너 내 얘길 듯고 사먹든 말든 해라. 응 내 얘길 듯고나서 그래도 어름과잘 먹어야만 쓰겟슨면 사줄테니까."

"……"

정윤이는 입을 쭈쭈― 내밀고 흐응― 그저 우는 소리로 대답이 업섯서요.

아마 못마짱해서 그랫슬테지요.

"너 삼이 얘기 못 들엇니? 삼이가 하루는 어름과자 세 개를 먹엇드래. 처음 한 개를 먹고 나니까 아주 온 몸이 시원헌 거 갓거든― 한 개를 더 먹엇드래. 두 개를 먹고 나니까 쏘 먹고 십드라나. 그래 쏘 한 개를 먹엇드래 ― 정윤이 내 얘기 듯니? 응―"

"……"

"아무래도 먹으면 먹을사록 작고만 먹고 십흔 게 어름과잔데 그날 밤 그만 배탈이 나가지고 온 집안사람을 밤중에 못살게 굴고 이튼 날은 학교 까지 쉬엿드래— 정윤아 그런 어름과자를 꼭 먹어야 하겟니? 응"

"……"

"정윤아 너 내 얘기 들엇니 안 들엇니? 응 꼭 먹어야만 시원허겟니?"

"머 그까짓 걸 먹고 아퍼? 난 괜찬허 난."

"그 무슨 소리야 삼이나 너나 어머니나 아버지나 다 마찬가지지."

"…… 난 몰라 몰라 몰라."

정윤이는 쌀레쌀레 고개를 내젓고 한바탕 마루를 궁글궁글 몸부림을 치더니 휘영 박그로 나가버렷지요.

"정윤이 너 어듸 가니 정윤아—"

어머니 불으시는 소리도 못 들은 체

"흥 아버지더러 달래도 안줄까."

속으로 그러케 중얼거리며 나와버렷서요.

그래서 정윤인 회사로 아버지를 차저가서 아마 거짓말이라도 햇나봐요.

선뜻 연필이라도사겟다 그랫슬테지요.

연필 한 자루 갑시면 꼭 어름과자 한 개 갑시거든요.

참말 어름가티 하얀 어름과자 한 개를 사들고 거리를 뻣내며 걸엇서요.

한꺼번엔 다 먹어 업세기가 아까워 조금 빨다 말고 다시 생각난 듯이 조금 빨다 말고— 그러케 애쪄가면서 아주 뻡내는 걸음으로 거리를 걸엇서요.

무엇보다 어름과자 손에 든게 마음이 든든하게 조하서 벙글벙글하며 거리를 걸엇서요.

그러케 조하하면서 우편국 압흘 막 지나랴는 참인데 너도나도 구경꾼들이 둘러선 가운데서

"하낫둘 하낫둘 엑크 잘한다. 엑크 엑크—"

곳 재미진 소리가 흘러나오거든요.

그래 정윤인 주춤 서서 홀짝 마음이 쏠렷서요.

"엑크 엑크 하낫둘 하낫둘."

참말 재미진 게 잇는 모양이예요.

정윤이는 어느새 사람들 겨드랑 미트로 안을 기웃거리다가 어름과자를 단번에 세 목음 빨엇서요. 또 한 목음 쭉— 빨엇서요 그러고는 사람들 틈을 베비작 베비작 뚤코 들어갓지요.

아마 약장수 아저씬 모양이예요. 얼골 써먼 아저씨가 철봉하는 인형을 들고 한참 재미지게 재주를 넘기고 잇겟지요.

"하나— 둘— 하나—둘 엑크 잘한다."

곱슬곱슬한 머리에 두 눈이 짜마코 빨간 입의 귀여운 아가 인형이 가뜬한 운동복을 아주 멋지게 입고서 온갖 재주를 다 부린단 말이예요.

아저씨의 커다란 손이 오갓다 펴지고 다시 오갓다 펴지고 하노라면 아가는 선뜻 물구나무를 서기도하고 썩 활발하게 휘—휘 철봉을 냅다 돌기도 하거든요.

거 참말 재미잇는 구경이예요.

둘러선 아저씨들까지 재미가나서 넉 일코 섯단 말이요.

이마에 구슬가튼 땀을 뻘뻘 흘리면서 돌아갈지를 몰으고 구경들을 하고 섯서요.

그래서 정윤이도 구경꾼의 한 사람이 되여 어름과자 생각도 이저버리고 한 식경 구경을 햇거든요. 날싸게 선뜻 올라갓다 내려왓다하는 아가 운동선수의 철봉하는 걸 아슬아슬한 마음으로 썩 재미지게 구경을 햇서요.

"엑크 잘하신다. 자—우리 운동선수도 잠깐 쉬셔야지—"

그래서 아가의 철봉이 참말 아까웁게 긋이 나자 그때야 정윤이는 송글송글 이마에 매즌 땀을 씨스며 얼음과자 생각이 낫섯서요.

구경이 끗나자 훅훅 더 더운판이예요. 한 목음 쑥— 빨어 볼야니까 이런— 어름과자는 꼬쟁이만 남엇단 말이예요.

정윤이는 재미잇는 구경을 하는 사이 어름과자는 저 혼자 녹아 흘럿던 모양이예요.

참말 누구에게 눈 흘길 수도 업서 알미운 노릇이예요.

그러나 한 번 그리된 걸 어쩔 수 잇나요.

그보다도 차라리 잘되엿서요. 싸지썻 먹으면 뭣해요.

탈나고 학교까지 쉬게 하니 한사코 어머니께서 먹지 말라든 걸 먹으면 뭣해요 차라리 잘 되엿서요. 생각하면서 다시는 어름과자를 먹지 안키로 결심하엿습니다.

(끗)

회람반

『아이생활』, 1943.6.

민이는 회람판을 옆에 끼고 이웃집으로 달려갑니다.

아버지가 애국반장이기 때문에 회람반은 언제던지 민이네집 민이 손으로부터 나가는 것입니다.

"아버지! 이번엔 뭐지?"

가만 칠판에 하얀 분필 글씨를 민이는 읽을 수가 없었읍니다.

그러나 아버지의 또박또박 가르켜주시는 말슴에 민이는 아주 아는 척 뻡내는 걸음으로 정석이네 집으로 달려가는 것입니다.

"정석아! 에따 회람반"

민이는 정석이에게 회람반을 내밀며

"너 여기 뭐라고 써젓는지 아니?"

하고 고개를 갸웃해봅니다.

"넌 아니 뭐?"

"아 그걸 몰라"

민이는 정말로 아는 척 뻡내봅니다.

"오늘 밤 여덜시 우리 집에서 상회를 하니까, 빠짐없이 오 시 오 ― 아 그걸 몰라."

바―루 읽는 거 같이 칠판 글씨를 손까락으로 한 자 한 자 가르켜 가며 아버지에게서 들은 대로 외어본 것입니다.

정석이는― 참말 참말 어쩌면 그렇게도 잘도 읽을까― 부러운 마음으로 듯고 잇다가 민이와 함께 안으로 달음질처 들어갑니다.

"어머니! 민이가 회람판 가저왔어요."

이윽고 어머니가 부엌에서 나오시며 먼저 몽글 몽글한 민이 머리를 쓰다듬어 주십니다.

"올치 오늘이 열흘 상회 날이지. 민이 정말 수고했다. 자 이번엔 정석이가 옆집으로 돌리기다."

민이가 안녕히 계세요 한마디 인사를 남기고 휘잉 문밖으로 사라지자 정식이는 어머니더러

"어머니 여기 정말 뭐라고 써젓어?"

두 눈을 똑똑히 하고 어머니 입을 치어다봅니다.

"－오늘 밤 여덟시 민이 집에서 애국반 상회를 여니까, 모두 출석하라구 그랬지."

정석이는 이제 곧 민이가 읽은 게 참말 용하다 생각해봅니다.

"정석아! 자 빨리 돌려라. 오늘 밤엔 말야 모두 모두 민이 집에 모혀서 나라를 위해 좋은 일을 하자고 의논을 하는 거야. 자 빨리 돌려."

정석이는 어머니에게서 회람반을 받어들고 삼이네 집으로 달음질처 갑니다. 길 건너 삼이 집은 문이 잠겨있읍니다.

"삼아! 삼아!"

정석이는 통 통 통 대문을 두드리며 삼이를 처불릅니다.

"삼아! 회람반 가저왔다."

통 통 통 막우 대문을 두드립니다.

이윽고 대문 밖으로 불숙 삼이 얼굴이 나타납니다.

"삼야! 너 여기 뭐라고 써졌는지 아니?"

"몰라."

"그걸 몰라"

"몰으겠는데."

"이거 봐 오늘 밤에 민이네 집에서 상회를 하니가 아버지 어머니들 다 오시라는 말이야."

"정말?"

"그럼"

"너 이거 정말로 읽을 줄 아니?"

"그걸 못읽어"

정석이는 뻡내는 걸음으로 삼이의 뒤를 따라 안으로 들어갑니다.

"누나 회람반 왔어요."

삼이가 이렇게 누나를 소리처 불으자 누나가 방문을 열고 나옵니다.

"오 정석이 수고했다."

삼이 누나는 정식이의 까만 머리를 부드럽게 쓰다듬어 줍니다.

정석이가 돌아가고 나자 삼이는

"누나 내가 돌릴테야 내가 여기 뭐라고 써젓는지 나두 다 알어."
하며 회람반을 옆에 끼고 척 뻡내는 걸음으로 나갑니다.

"그래라. 단이네 집으로 가기다."

삼이는 단이에게 봐란듯이 가르켜줄 생각으로 쿵쿵쿵 골목길을 달음질처갑니다. 그래서 다시 단이 집으로부터 돌려나오는 회람반은 그 웃집으로 다시 옆집으로 돌아갑니다.

연희 수남이 아영이네 집으로 회람반은 작고 돌아갑니다.

나라를 위해 좋은 일을 의논하고자 모다 모다 모히라는 회람반은 다시 웃집에서 옆집으로 옆집에서 길 건너 집으로 다시 그 아랫집에까지 돌아갑니다. 굳게 잠군 대문을 두드려가며 달음질처 돌아갑니다.

나무와 바람

『어린이세계』, 1947.5.

나무는 따뜻한 봄이 되면 오색가지 꽃으로 온 세상을 아름답게 꾸며 주었읍니다.

무더운 여름이 되면 싱싱하게 너흘거리는 푸른 잎으로 시원한 그늘을 이루어 주었읍니다.

서늘한 가을이 오면 숱한 열매를 맺어 사람 사람들을 즐겁게 하여 주었읍니다.

"아 맑고 맑은 가을 바람이구나."

나무는 높고 푸른 가을 하늘 아래, 긴긴 하루를 사람들 몸을 편히 쉬어 가고 하였읍니다.

그러나, 바람은 귀염과 사랑을 받는 나무가 부럽던지, 가을바람은 나무를 □□□□ 주지 안했읍니다.

나무잎은 □□□으로 불어오는 가을바람 때문에 몸부림 몸부림치며 한 잎 두 잎 □□ 하였읍니다.

바람은,

"나무야, 나무야 □□□ 나무야"

하며 더욱 □□□ □□□ 불어 왔읍니다.

먼 들에서 □□□□ □□□ 불어 온 바람은 기어코 나무의 □□ 잎을 모조리 떨어뜨리고 말았읍니다.

나무는 눈물을 먹음으며 바람을 피하려고 하였으나, 바람은 점점 더 쌀쌀하게 나무를 후려갈겼읍니다.

"아 매서운 겨울바람이구나."

나무는 지난 초겨울 바람에게 죽도록 시달리던 일을 다시 생각하고, 심술꾸레기 바람과 한판 싸워 이기려고 마음먹었읍니다.

그러나,

"나무야 나무야 더욱 아니 고와라."

바람은 구피지 않으려는 나무의 모양이 더욱 얄미워서, 점점 더 세차게 불어 와 하늘이 뒤집힐 듯이 큰 소리를 지르며 나무에게 덤벼들었읍니다.

나무는 혼자 몸부림을 치며, 성난 바람 속에 죽도록 시달리다 시달리다 못해 그만 아깝게도 한 팔을 뚝 잘리우고 말았읍니다.

나무는 온 몸에 발기 발기 무서운 상채기를 입고 밤마다 밤마다 반짝거리는 별빛 아래, 뼈아픈 슬픔을 참지 못했읍니다.

나무는 바람에게 끝까지 굽히지 않고 이를 깨물고 이겨보리라 굳게 굳게 마음을 바로 잡았읍니다.

그러나,

"나무야 나무야 얄미운 나무야."

바람은 나무의 뽐내는 꼴이 더욱 얄미워, 있는 힘을 다 하여서 아니꼬운 나무를 휘갈기기 시작하였읍니다.

그러나 나무는 바람이 성내면 성낼쑤록, 끗떡하지 않고 버티었읍니다.

바람은 미칠 듯이 날뛰었읍니다.

산 넘어 들판에서 개울로 서로 서로 불어오다 오다 못해, 멀리 멀리 치운 나라에서 제 동무들을 모조리 불러왔읍니다.

창끗바람 칼날바람, 갈퀴바람 우왁바람들을 휘몰고 와서 나무를 사정없이 후려 쳤읍니다.

위잉 잉 그 억차게 소리치는 바람들이었읍니다.

하늘과 땅이 온톤 뒤집히는 듯한 속에서 나무는 죽을힘을 다 하여 이길대로 이겼으나, 어느 날 밤 우직끈하는 소리와 함께 나무는 기어이 머리가 불어지고, 남은 한 팔마저 애처럽게도 꺾이우고 말았읍니다.

"나무야 나무야 용용 죽겠지."

바람들은 더욱 신이 나서 나무의 뿌리마자 뽑아 넘어뜨리려고 밤낮으로 나무를 내리 치고 휘갈리고 할퀴고 데고 찔르다가, 나중에는 멀리 멀리서 찬서리와 힌 눈을 한꺼번에 몰아왔읍니다.

"아아."

나무는 몸서리를 치며, 찬 눈 속에서 눈물을 먹음고 끝내 이기리라 이기리라 바득바득 이를 갈았읍니다.

바람은 열흘도 스무날도 □□도 남아, 나무를 찬 속에 파묻어 놓았읍니다.

나무는 온 몸이 꽁꽁 얼었읍니다.

바람들은 그제서야 눈 얼음 속에서 꼼짝도 하지 못하는 나무를 보고, 하늘이 문허질듯한 소리로,

"허허허허."

너털웃음을 치고 있었읍니다.

나무는 얄미운 얄미운 바람이 한없이 원망스러웠으나, 그래도 바람에게 머리를 숙이지는 않으리라 마음을 더욱 굳게 먹었습니다.

그러자 꽁꽁 얼었던 땅이 날마다 날마다 조곰씩 풀려오고, 거뭇하던 하늘에 밝고 맑은 빛이 빠곰히 내어다 뵈이더니, 눈이 부시도록 따뜻한 볕이 어디서든지 불어오기 시작 하였읍니다.

"오, 아름다운 봄, 새봄이구나."

나무는 새털처럼 눈들을 번쩍 떴읍니다.

그리고 그 동안 눈 얼음 속에서 시달리던 몸을 자세히 자세히 어루만저보고, 크게 크게 소리쳤읍니다.

"바람아 바람아 얄미운 바람아, 힘찬 뿌리만은 못 이겼구나."

나무는 기름진 땅에 쩍 버리고 있는 큰 뿌리를 어르만지면서, 그 무섭던 바람에게 끝내 이겼다고 다시 한 번 크게 크게 소리쳤읍니다.

(끝)

쥐 이야기

『서울신문』, 1948.1.20.

할아버지 할아버지의 또 그 할아버지의 이야기—

가뭇가뭇한 어린 색기 쥐가 징그러운 뱀 살무사에게 쫓겨 달아나다가 고양이의 도움으로 하마터면 죽을법한 목숨을 살아낫습니다. 그러면서부터 쥐와 고양이는 유달리 친하게 되엇습니다. 쥐에게 즐거운 일이 생기면 고양이는 야옹 울다가도 웃고 고양이게 우는 일이 생기면 생글생글 웃던 쥐도 울어버리는 그러한 사이가 되엇습니다.

어느 날 쥐와 고양이는 먹을 것을 구하려고 뒷동산에 올라갓다가 그만 난데 업시 퍼붓는 비바람을 만나 고양이는 어린 쥐를 가슴 속에 폭 얼싸안고 부리야 집으로 뛰어 왓습니다. 그래서 쥐는 몸에 물 한 방울 젓지도 안헛스나 고양이는 호주루루 비를 맛고 집에 돌아오자마자 턱을 바틀 바틀 떨고 온 몸이 불덩어리가 되어 쓰르르 쓰르르 알고 몸져 누어버렷습니다.

쥐는 자기를 위하여 가진 고생을 다한 고양이의 가엽슨 모양을 참아 보다 못하여 약과 먹을 것을 구하러 나갓습니다. 그래서 집을 나간지 하루 이틀이 지나고 어느듯 열흘도 남아 지낫스나 웬일인지 쥐는 돌아오지 않앗습니다.

고양이는 날마다 쓰르릉 알고 누엇스면서도 오히려 쥐를 거정하는 가운데 밤낮으로 쥐가 도라오기를 기다렷스나 기다리던 쥐에게서는 아무 소식이 업고 말앗습니다. 어느 날 고양이는 기다리다 못하여 쥐를 차지러 집을 나섯습니다. 발길 닷는 데로 산으로 들로 숩속으로 시냇가로 쥐를 차자 헤매고 다니다가 어느 마을 '어지루'라는 아이 집 부엌에서 올타꾸나 쥐를 딱 만난 것은 조앗스나 어쩐 일인지 쥐는 그러게 친하던 고양이를 보고도 모른 체 도리어 살금살금 피하려는 눈치엿습니다.

고양이는 야옹? 이상히 여겻스나 그러나 쥐는 그동안 고양이의 약을 구하려는 생각은 써막가치 잊어버리고 '어지루' 네 쌀독을 제 맘대로 드나들며 배가 터지거라 도적질해먹고 살던 참이라 압흐로도 저 혼자만 먹을 욕심에서 그랫습니다.

고양이는 쥐의 얄구진 맘쏙을 알자 "욕심쟁이 도적 쥐야 약짝쟁이 색기 쥐야—" 하고 놀리며 나무래며 언제 함께 집으로 돌아가자고 하엿습니다.

그러나 쥐는 고양이의 말을 듯지 안코 그늘진 돌담 밋트로 방앗간 섬돌 아래로 고양이를 피해다녓습니다. 그러면서 싸래기며 수수겨며 보리를 조둥이가 하얏토록 물어다가 □□배가 되거라 퍼먹기만 하엿습니다.

고양이는 몰레 모르는 색기 쥐가 야질야질 얄미윗스나 다시 한 번 조흔 말로 타일럿습니다. 그랫스나 쥐는 고양이의 말을 듯지 안코 이번에는 마루 밋으로 벽장 속으로 나뭇 덤이에로 고양이를 피해 다니며 저 혼자만 욕심쩟 배를 채윗습니다.

고양이는 그만 발칵 약이 치밀어 올랏습니다. 한줌도 못되는 어린 옛동무 쥐엿지만 어지도 얄밉든지 와락 달려들어 야옹! 발톱으로 한 번 긁고 야옹! 야옹 얼른 두 번 물어 뜨드며 으르렁 으르렁거렷습니다.

그러나 욕심꾸래기 색기 쥐는 정다운 동무 고양이의 말을 끗내 듯지 안코 말앗습니다.

고양이는 정말 쥐를 발기발기 찟자 죽여도 시언치 안흘 것 갓텃습니다.

그래서 그때부터 쥐와 고양이는 원수야 원수야 만나기가 무섭게 제 집으로 도망치고 고양이는 야옹! 소리를 치며 달려들엇습니다.

(끗)

소 이야기

『어린이나라』, 1949.1.

험한 바위가 우뚝 우뚝 솟아 있고 길 찬 나무와 성긴 가시덤풀이 어지럽게 엉켜있는 깊은 산 속에, 소 두 마리가 살았읍니다.

산에 사는 많은 짐승들 가운데서도 가장 힘이 세고 또 날랜 소였읍니다.

머리에 우왁한 뿔도 없고 털도 몽실 몽실 하얀 소였읍니다.

어느 날, 소들은 큰 바위아래 자리를 잡고, 쿨 쿨 단잠을 자고 있었읍니다.

이때, 이 산으로 사냥꾼 한 패가 활과 창을 들고 사냥을 나왔읍니다.

— 둥 둥 둥 둥 —

이 산 저 산의 골짜기와 숲 사이에서 몰잇군들의 북소리가 온산이 뒤집혀지거라 울려 왔읍니다.

소들은 잠결에 둥 둥 북소리를 듣고 깜짝 놀라 깼읍니다.

두 눈을 부릅뜨고 앞뒤를 둘러보니 건넛산과 뒷산이 온통 자욱한 연깃속입니다.

— 따드랏 —

나무가 불 속에서 튀기 시작 하였읍니다. 연기가 온통 하늘을 뒤덮고 불길은 점점 소 있는 산 쪽으로 타오고 있었읍니다.

사냥꾼들이 산에 불을 질렀던 것입니다. 사나운 짐승들을 불로 쫓아가며 잡으려는 꾀였습니다.

— 와 —

— 둥 둥 둥 —

몰잇군들의 아우성 소리와 둥둥 북 소리가 점점 가차워 왔읍니다.

얼룩 호랑이가 으르렁거리며, 바위 굴 속으로 쫓겨 가고, 대가리 큰 사자가 쏜살같이 등 넘어 숲 속으로 뛰어가고 있었읍니다. 원숭이들이 끽, 끽, 소리를 치며 이 가지에서 저 가지로 건너뛰고, 다람쥐가 쪼루루, 돌 틈으로 숨어들어 갔읍니다.

소들도 달아날 길을 찾았읍니다.

눈을 둥그렇게 뜨고 사방을 자세히 살펴보니, 앞산 등성이, 빽빽한 숲 속은 아직 불기운이 번져들지 않았읍니다.

소들은 그 곳을 향하여 나는 듯이 뛰어갔읍니다.

그랬으나 그 숲 속에도 몰잇군들이 숨어 있었던지

— 와 — 둥둥둥—

소리와 함께 수 없이 화살이 날라 오고 또 창이 쪼아오기 시작하였읍니다.

소들은 겁을 집어먹었읍니다.

그래서 다시 뒷산으로 도망치기 시작하였읍니다.

가시 엉킨 수풀에 다리가 긁히우고 돌 뿌리, 나무등걸에 발바당이 찢겨서 피가 삐쑥거렸읍니다.

몰잇군들의 고함 소리는 사방에서 더욱 크게 울려 왔읍니다.

그럴쑤록, 소는 뛰어 가다 돌아서고 다시 가다 또 쫓기우고, 그만 갈팡질팡 어쩔 줄을 몰랐읍니다.

그뿐이 아니었읍니다. 앞뒤에서 벌건 불길이 활활 타오기 시작하니까 꼼짝을 할 수가 없었읍니다. 소들을 그대로 불 속에서 타 죽지 않으면 그 불 속을 뛰어 나가는 수밖에 없었습니다.

두 소 중에서도 몸집이 크고 또 더 힘이 세고 날센 소 한 마리가 참다못하여

— 왁 —

소리를 치면서 그만 그 무서운 불길 속을 뛰어 넘어 빗발치듯하는 화살과 창을 무릅쓰고 나는 듯이 쏘아 나갔읍니다. 산 아래로 아래로 내달아 갔읍니다.

다행히 거기에는 산골짜기에서 흘러내린 물이 큰 못을 이루고 있었습니다. 온 몸이 불 같이 뜨거운 소는 그만 물속으로 점벙 뛰어들었습니다. 불에 닳은 몸둥이가 맑은 물에 차츰 식어져 갔습니다.

그러나 지금까지 하얗던 몸둥이는 새까맣게 타버렸습니다. 껌정 소가 된 것입니다.

한 편 불 속에서 뛰어 나오지 못한 소는 동무소처럼, 불 속을 빠져나갈 용기가 없었던지 그대로 갈팡질팡하다가 아차! 그만 다리 오굼에 화살을 맞고 넘어졌읍니다.

소는 그대로 죽을 것만 같았읍니다.

그러나 있는 힘을 다하여 역시

– 왁 –

소리를 지르면서 용감히 불 속을 뛰어 나와 도망을 치기 시작하였읍니다.

불붙은 산 위에서 멀리 멀리 도망쳐 내려왔읍니다.

소는 정신없이 얼마를 달음질치다가 부드러운 흙이 발에 밟히는 것을 깨닫고 그 자리에 퍽 – 주져앉아 버렸읍니다.

온 몸에 힘이 탁 풀리어 식음 땀이 죽 흘렀읍니다.

활에 맞은 다리 오굼이 저리저리 쑤시고 발목이 온통 헤지고 또 돌부리, 나무뿌리에 채인 발이 두 갈래로 째어져서 피가 흘렀읍니다.

하얗던 몸둥이는 노랗게 타버렸읍니다. 노랑 소가 되어 버린 것입니다.

힘에 지친 소는 그대로 씨근씨근 가쁜 숨소리를 하며 곤히 잠이 들었읍니다.

입에서는 비지지 – 침이 흐르고 뿌커뿌커 게거품을 피웠읍니다.

이때, 이곳으로 마음 착한 농부 한 사람이 지나 가다가, 피를 흘리고 쓰러진 소를 발견하자 측은히 생각하였던지, 그대로 가던 길을 멈추었읍니다. 그리고 농부는 세상모르고 녹아떨어진 소의 등을 또닥거려주고 또 발에서 흐르는 피를 씻어주며 그 상처를 따뜻이 봐 주었읍니다.

소는 자다 말고 눈을 번쩍떴읍니다. 그리고 언뜻, 원수스러운 사람이 눈앞에 있는 것을 알았읍니다.

소는 발칵 화가 끌어 올라서 벌떡 몸을 일으키려고 하였읍니다.

그러나 불에 닳고 피가 흐르는 아랫도리는 마음대로 움직일 수가 없었읍니다. 그래서 고개로 사람을 떼다 밀어버릴려고 잿빠르게 농부를 향하여 머리를 내둘렀읍니다.

이 통에 불쑥, 소의 머리에는 우왁한 뿔이 두 개나 돋아 났읍니다.

다행히 농부는 뿔에 얻어맞지는 않았으나 그 대신 소는 곧 농부의 자기에게 대한 친절한 마음씨를 알고 제 잘못을 크게 뉘우쳤읍니다.

소는 마음씨 고운 농부와 함께 마을로 내려왔읍니다.

그리고 여러 날 동안 따뜻히 아픈 데를 돌봐 주는 농부의 하늘같은 은혜를 잊지 않았읍니다.

그래서 농부의 힘 드는 일은 무슨 일이든지 제가 대신하여 주리라고 마음 먹었읍니다.

논갈이며 밭갈이며 무거운 짐이며 온갖 일은 싫다 하지 않고 부지런히 하였읍니다.

그러나 머리 위에 불쑥 돋은 두 뿔을 생각하면 불현듯 농부에게 대한 미안한 마음과 부끄러운 생각이 나서 그 때마다 두 눈을 시르르 감았읍니다. 그리고 노랗게 타진 몸둥이와 발이 째져서 더딜대로 더딘 걸음 거리를 생각할 때마다 함께 쫓기던 동무 소는 어떻게 되었나 그 소식이 더욱 궁금하였읍니다.

그래서 소는 농부와 함께 일을 할 때나 오양깐에 있을 때나 항상 물소가 된 동무를 생각하느라고 커다란 눈을 꿈벅 꿈벅 — 그리고 서산에 지는 해를 운럴어보며

"머・ㅡ・ㅡ"

하고 서럽게 우는 것입니다.

봄바람

『서울신문』, 1949.2.9.

연이는 홍이 언니와 함께 □성산 언덕길에 서서 사방을 휘돌아 봅니다.

앞산의 대 숲이 더 파랗게 보입니다. 멀리 수퇴봉의 골짜기는 한결 깊숙하게 보입니다.

아마도 어끄제까지 쌓였던 흰 눈이 부실부실 나린 봄비에 다 녹아버린 탓일 것입니다.

"연아 더 오르자 올라."

홍이는 산봉우리를 쳐다보며 연이 손을 끌어줍니다.

그러나 연이는 해해 가쁜 숨을 내 쉬면서 그대로 펄석 잔디에 주저앉아 버립니다.

그리고 노오란 잔디들을 쥐어뜯습니다. 파아란 풀이 꽁꽁 얼었던 땅속에서 빠꼼히 내다보는 것 같습니다. 잠자코 일어난 말이 아가의 샛별 같은 두 눈처럼 똘똘한 눈으로 연이 얼굴을 뚫어져라 쳐다보는 새싹입니다.

홍이도 연이처럼 그 자리에 펄석 주저앉아 버립니다.

그리고 파아란 새 싹을 한참 동안 뚫어져라 보다가 시르르 두 눈을 감습니다.

따스한 볕이 홍이와 연이와 등허리에 퍼붓는듯한데 살랑 살랑 바람이 둘이의 댕기들을 스치고 불어갑니다 봄바람입니다 아무리 불어도 이제는 춥지 않은 봄바람입니다— 아아 봄 봄은 봄은 어디로부터서 오는지?

아마도 새봄은 따뜻한 봄바람을 타고 오는지도 모릅니다.

오른편 언덕 넘어서 고운 노래 소리가 들려옵니다.

어린이날

삼이 일기

『어린이나라』, 1949.5.1.

(오월 삼일)

맑은 하늘, 바람도 맑다.

오늘 아침에는 연이 때문에 인왕산을 못 올라갔다.

연이가 한삻고 따라 오겠다고 목매를 달아서

"빡아, 너는 어리니까 못 간다."

그러면서 울고 매달리는 연이를 뿌리치고 휘잉 뛰어 나가다가 어머니께 꽉 붙들렸다.

누이동생을 울린 것보다도 일본말 욕을 했다고 톡톡히 종아리까지 얻어맞았다.

학교에 갈 때 어머니는

"삼아, 내일 모래가 어린이 날인데, 동생을 욕하면 쓰나 ……?"

하시며 부드러운 말씀으로 머리를 쓰다듬어 주셨다.

나는 정말 잘 못했구나, 하고 눈물이 핑 돌았다.

왜 비행기가 밤마다 우루룽 ……

소리를 치고 다니는지, 잠을 못자겠다고 어머니가 비행기더러 욕하셨다.

(오월 사일)

푸른 하늘.

아침 세수를 하다가 연이가 우는 소리를 치기에 뒤를 돌아다보았다. 웬일인가 했더니 방에서 저 혼자 공치기를 하고 놀다가 공을 놓지고 나를 부르며 우는 소리였다.

"오빠, 공이 절루 굴러갔어."

연이는 장독 뒷켠을 가리켰다.

나는 장독 뒤를 돌아 가다가 주춤하고 깜짝 놀랬다.

하마트면 난촛잎을 밟을 번했기 때문이다.

굳었던 땅에서 흙을 떠밀고 새움이 돋은 지는 벌써 오래다. 어느새 새파란 잎이 힘차게 쭉쭉 뻗으며 크는 모양은 꼭 좋아라고 네 활개를 치고 있는것 같았다.

잎이 길다랗게 자라면 뒷집 수전이랑 반장집 옥선이랑 연이랑 모두 모여서 각씨 머리를 만드는 난촛잎이다.

나는 수돗물을 반대야나 날라다 부어 주었다.

"어서 커라. 어서 자라라!"

그리고 공을 주서다 연이를 주면서

"너이들이 각씨노리를 하고 놀 난초에 내가 물을 주었어!"

했더니 연이는 작년의 일을 잊었는지, 토끼처럼 똥그란 두 눈을 더 크게 뜨고 똘람거리기만 하였다.

학교에서 선생님이 내일은 어린이날이니까 강당에서 어린이날 기념식만 하고 놀려 주신다고 하였다.

"어린이날 어린이날!"

나는 몇 번이고 입속으로 중얼거렸다.

그리고 집에 돌아오면서 어쩐지 원족 가는 날을 앞둔 것처럼 자꾸만 마음이 뒤설렜다.

어머니는 내일이 우리들의 명절인 어린이 날이니까 맛있는 음식을 많이 주시겠다고 하시며 밤 열한시가 되도록 고기며 두부지짐이며 정말 맛있는 냄새를 마구 풍기면서 음식 장만을 하였다.

(오월 오일)

푸른 하늘 맑은 하늘.

오늘은 어린이날이라 그 어느 날 보다 일찍 일어났다.

아니 그 보다도 어머니가 아침에 일어나시더니 연이와 내 새 옷을 꺼내 주시면서

"오늘은 너이들의 정말 명절이다. 오늘서부터는 조선을 위해 좋은 일은 많이 하여 훌륭한 사람이 되겠다고 마음에 다지는 어린이날이다."

하시며 벙글 벙글 웃으며 그리고 말씀도 부드러웠다.

나는 어머니가 항상 저러니 나도 언제든지 어머니 말씀 듣고 장래 훌륭한 사람이 되겠다고 생각 하였다.

나는 새 옷 입을 일을 생각해서 세수를 두 번이나 하였다. 어느 날 보다도 깨끗이 이도 닦고, 손도 씻고, 또 발도 씻고 팔굼지 씻었다.

찬물로 머리를 감았어도 춥지 않았다.

건넌방 아저씨는 무슨 일인지 어머니보다도 더 일찍 일어나 앞집 아저씨와 함께 밖으로 나가셨다.

그래서 오늘은 내가 연이를 데리고 인왕산을 올라갔다.

나는 아저씨가 날마다 하시던 말씀을 연이 손을 잡아 이끌어주며 아저씨처럼 똑똑하고 부드러운 말씨로 일러 주었다.

"연아, 너도 자라면 훌륭한 조선의 일꾼이다"라고—.

그랬더니 연이는 입을 헤— 벌리고 웃으면서 부끄러운 듯이 고개만 끄떡 하였다.

연이와 나는 우뚝 솟은 산봉우리를 바라보며

"영차 영차!"

큰 소리로 힘차게 고갯길을 올라가기 시작 하였다.

산도 하늘도 땅도 푸르고,—

나는 어쩐지 키가 훌쩍 커지는 것만 같았다.

성냥 찾을 성냥

『진달래』, 1949.5.

온 집안 식구들이 한자리에 모여서 즐거운 저녁상을 받았읍니다.

할머니와 아버지 어머니와 누나 안이와 영이, 그리고 아가도 아버지 상에서 저 혼자 오목 오목 밥을 먹고 있읍니다.

그러나 더부살이 옥례는 아직 부엌에서 들어오지를 안았읍니다.

날마다 밥 짓고 물 긷고 집안 치우고 또 그밖에 온갖 일을 혼자 맡아하는 옥례입니다.

오늘 밤에도 옥례는 식들과 함께 밥상을 받지 못하고 여태 부뚜막을 치우는지 부엌에서 딸그락 딸그락 소리가 들려옵니다.

"얘 옥례야 불 조심해라 ……"

아버지의 주의 시키는 말입니다.

"…… 강아지 누룽지 훑어주었니?"

호물호물 할머니의 말씀입니다.

"옥례야, 뒷문 잘 걸어졌나 봐라 ……"

항상 문 걱정을 잘 하시는 어머니의 소리입니다.

"옥례야 물 줘……"

인이와 영이의 엉석을 부리는 말. 누나도

"얘, 빨래 줄에 양말 걷어온 ……"

합니다. 옥례는 어느때나 마찬가지로 오늘도

"예."

"그래, 그래."

이르는 말마다 선선하게 대답하면서 집 안팎을 다리가 휘어져라 쫓아

다닙니다.

이때입니다.

환하게 밝혀 있던 전등이 팟뜩 꺼져 버립니다. 그러니까 사방은 금시에 먹같이 껌껌해 지고 밥상에 들러 앉았던 할머니의 허연 머리도, 상머리에 오목오목 얌얌 하던 아가의 입도, 아버지의 안경도 안보입니다.

모두 밥숟가락을 놓은 채 방안은 잠간 조용해졌읍니다. 그러자 쯧쯧…… 할머니와 아버지의 입맛 다시는 소리가 들리고 아가가 "엄마—"를 부르며 낑낑거리기 시작합니다.

그러나 한참을 기다려도 전등은 켜지지 않습니다.

아무 말이 없던 영이가 끙끙거리니까, 인이는 숟가락으로 상모서리를 뚜들기면서

"저언등아 켜져라, 우리 아가 운다. 저언등아 켜져라. 우리 영이 운다."
하고 콧노래를 부릅니다.

잠잫고 계시던 어머니가 촛불을 켜시려는지 부엌을 향해

"옥례야, 성냥 가져오너라"
하시니까

"예"
하는 옥례 대답소리가 들렸는데, 얼마가 지나도 성냥 가져오는 기척이 없읍니다.

"애……, 성냥 달라니까 뭣하는 거냐?"

어머니의 재촉하시는 소리—.

그래도 부엌에서는 아무 대답이 없읍니다.

"아아니, 저 계집애가 뭣하는 거야?"

어머니가 또 다시 재촉을 하시니까

"……지금 찾는 걸요……"

옥례는 울음 섞인 목소리로 대답을 합니다.

아가는 더 보채는 소리로 낑낑거리고 어머니는 참다못해 벼락같이 부엌문을 열어재치며

"이 망할 계집애야, 성냥을 달라니까……?"

"……지금 찾고 있에요……"

옥례는 정말 울음이 터질 듯한 소리로 대답만 합니다.

"……저런 망난이 같은 계집애가 성냥을 며칠이나 찾는 거야?"

어머니가 다시 부엌이 떠나 갈 듯한 소리를 지르자, 부뚜막을 문지르는 삭삭 소리가 나고, 딸그락 그릇 소리가 또 들려옵니다.

아마 더듬더듬 손으로 성냥을 찾는 모양입니다. 그러더니 옥례는 그만 울음이 터질 듯한 소리로

"……어데 있는지 성냥이 있어야 찾겠에요……"

하고는 흑흑 느끼기 시작합니다.

그러자 부엌을 내다보고 계시던 어머니가 어이없다는 듯이

"뭐야?" 소리를 치니까

"하하하하……"

아버지는 너털웃음을 치시고, 누나는

"호호호호……"

재미있게 우습니다.

"……그래 그래 성냥이 있어야 성냥을 쉽게 찾지…… 허허허……"

아버지는 또 한바탕 큰 소리로 웃으십니다.

그런데 바로 이때 확하고 전등이 켜지며 방안이 다시 환해집니다.

"야—"

인이와 영이가 소리를 치자 모두 깜짝 놀라는 얼굴로 눈을 가늘게 하고 서로를 바라봅니다.

그리고 아버지는 웃으며 아무 말 없이 밥숟가락을 드시고 누나는 호호…… 웃다만 얼굴로 젓가락을 든 채 방안을 휘 돌아봅니다. 아가는 또

렷한 눈을 찡그리며 밝아진 전등을 쳐다보고, 할머니는 옷고름에 맨 손수건으로 두 눈을 씻으시는데, 어머니는 얼굴을 찡그린 채 그대로 부엌 쪽을 아니꼽게 노려보고 계십니다.

부엌에서는 그동안 옥례가 강아지 밥을 주었는지 짜금짜금 강아지의 밥 먹는 소리가 들려옵니다.

어머니가 옥례더러 달라시던 성냥, 지금까지 옥례가 껌껌한 부엌에서 애를 태우며 찾던 성냥은, 바로 어머니가 앉아계시는 옆, 경대 위에 얌전하게 놓여 있지 않겠습니까.

……끝……

다람쥐와 곰

『어린이』, 1949.7.

깊은 산속에 사는 미련한 곰이 먹을 것을 찾으러 하루는 이 산 저 산을 두루 돌아 다녔읍니다. 다람쥐새끼 한 마리도 만나지 못하고 말았읍니다.

그래서 곰은 지친 다리를 나무 아래서 쉬이다가 그만 쿨쿨 코를 골기 시작하였읍니다.

곰은 네 다리를 쭉 뻗고 실컨 잤습니다.

시원한 바람이 골짜기에로 불어오고 흰 구름이 둥둥 그 산 너머로 흘러 갔읍니다.

곰은 바람결에 펀뜻 눈을 뜨고 느러지게 기지개를 켠 다음 잠간 사방을 휘돌아 보았읍니다.

이때 왼편 가얌나무 숲속에서 부시럭 소리가 들려 왔읍니다.

"……? 무엇일까?"

곰은 먹을 것이나 아닌가하고 눈을 뚱그렇게 뜨고 보니 여우 한 마리가 하품을 치면서 어슬렁어슬렁 이편으로 오고 있었읍니다.

여우도 곰처럼, 느러지게 한참을 자고 난 판이었읍니다. 물론 곰이 있으리라고는 꿈에도 생각지 안했던 것입니다.

그러나 곰은

"옳다꾸나!"

속으로 좋아하면서 엉큼 엉큼 여우에게로 쫓아가 여우의 목덜미를 꽉! 물고는 그냥 한 잎에 먹어 버리려고 하였읍니다.

여우는 깜짝이야 놀랬읍니다.

그래서 몸을 바들바들 떨다가 그만 빠락! 똥을 싸 버렸읍니다.

아주 고약한 여우의 똥 구린내— 곰은 금방 군침을 삼키고 있던 참이었는데 그만 어떻게 누릿누릿 고약한 냄새가 나던지 잠간 코를 벌름거리고만 있었습니다.

여우는 흐리흐리 정신을 잃어 버렸읍니다.

어떻게 무섭고 혼이 났던지 눈도 똑바로 뜨지 못하고 긴 꼬리를 처억 느리운 채 나는 모른다는 듯이 곰에게 몸을 내 맡기고 말았읍니다.

곰은 아무래도 코가 썩는 듯한 똥 구린내 때문에 재꺽 여우를 잡아먹지 못하고 잠간 망서리고 있었으나 아무리해도 배고픔을 못 참겠다는 듯이

"에라 먹고보자."

하는 생각으로 여우의 긴 주둥이를 앙! 물어뜯으려는 판입니다. 그런데 뒤 숲 속에서 깡충깡충 토끼 한마리가 뛰어나오다가 이것을 보고 깜짝이야! 몸을 움쿠린 채 오도가도 못 하고 있었읍니다.

그러다가 토기는 한참만에야 정신을 가다듬고 나서 하얀 코를 움찔거리기 시작하였읍니다. 토끼도 여우의 똥 구린내를 다 맡았기 때문입니다.

곰에게 물리우고 있는 여우는 점점 떨기만 하였읍니다. 그래서 토끼는 나는 모른다는 듯이 그냥 달아나 버리려고 하더니 다시 한걸음 깡충깡충 뛰어 와서 금방 여우를 잡아먹으려는 곰의 귀에다가 소곤거리기를

"곰 아저씨 그 여우를 잡수시다가는 큰 일 나십니다. 구린내가 코를 찔르지 않습니까? 지금 저 여우는 한창 속이 썩누라고 그러는거에요…… 그걸 모르고 잡수시다가는 아저씨 속도 다 썩고 말걸요…… 저거 보세요. 저 썩어가는 여우의 꼴을 좀 보세요. 아유—"

그러면서 여우를 가르치며 부러 얼굴을 찡그렸읍니다.

여우는 영리한 토끼의 맘속을 벌써 알아들었는지 그만 아까보다 더 죽어가는 것처럼 네 다리를 축 느러트리고 시르르 눈을 감었읍니다. 그리고 입에서 비시지—침을 흘리면서 햇해 숨을 헐떡거렸읍니다. 그리고 아랫

배에 응! 하고 힘을 주어 다시 한 번 빠락! 소리를 내며 똥을 싸고는 죽은 듯이 잠잫고 있었읍니다.

구리 구리 똥구리내가 더욱 코을 찔렀읍니다.

곰은 토끼의 말이 옳다는 듯이 고개를 끄덕끄덕, 그리고 금방 더럽고 징그러운 것에 입을 대인 것처럼 물고 있던 여우를 놓아 주고 나서 똥구린내를 못 참겠다는 듯이 캥! 캥 큰 기침을 두 번이나 하고 눈을 찔끔 감았읍니다.

그러자 여우는 슬그머니 몸을 움지겨 비슬걸음으로 그 곳을 빠저나가더니 그만 잿빨리 산등성이로 뺑손이를 치면서 미련한 곰아 용용 죽겠냐는 듯이 숲 속으로 사라지고 말았습니다.

여우는 죽을 번한 목숨이 토끼 때문에 살았읍니다.

그러나 여우를 노친 곰은 버럭 화가 나는지 왁! 소리를 치고 달려들면서

"너 이놈! 왜 거짓 말을 했어?"

하고 덤벼들었읍니다.

토끼는 정말 큰일 났읍니다. 어떻게 살아날 도리가 없었읍니다. 그래서 발을 비벼대고 머리를 조아리며 빌기 시작하였읍니다. 그러나 성난 곰은 토끼의 두 귀를 꽉! 문 채 그만 한 입에 먹어버리려고 하였읍니다.

토끼는 벌써 죽은 목숨이나 다름 없었읍니다. 온 몸을 바들바들 떨며 입을 요물요물 그리고 어찌나 무섭던지 그만 똥그란 눈을 빨깧게 해가지고 어쩔 줄을 몰랐읍니다.

그런데 이때입니다.

저만침 우뚝 서 있는 바위틈에서 쪼루루 다람쥐 한 마리가 달음질 쳐 나와서는 아까부터 이 모양을 구경하고 있더니 금방 곰의 밥이 되고 말 토끼의 모양이 너무나 가엾게 보였던지 쪼루루 곰의 곁으로 달려 와서

"곰 아저씨 저 토끼 놈의 눈을 좀 보세요. 불이 벌겋게 일지 않습니까? 나두 여러 번 보았는데 저 토끼란 놈은 죽을 때가 되면 저렇게 눈에다가

샛빨갛게 불을 이루워 가지고 아무나 저를 먹은 뱃속에다가 불을 질러버리는 아준 나쁜 버릇이 있으니까 …… 아저씨! 조심하세요."

이 말을 들은 곰은 펄쩍 뛰면서

"아니 그게 정말이냐?"

하면서 토끼의 눈을 뚫어져라 디려다 보았읍니다.

과연 토기의 두 눈은 불을 이룬 것처럼 새빨갛게 타고 있었읍니다.

토끼는 눈을 시르를 감았다가 다시 부릅뜨면서 빨간 눈알을 연상 굴리기만 하였습니다.

다람쥐는 한 풀이 꺾인 듯한 곰의 모양을 보고 옳다! 이만하면 되었구나 하고 이번에는 아주 친절하게 곰의 귀에다가 가만히 말해 주었읍니다.

"곰 아저씨 정 배가 고푸시면 맘대로 잡아 잡수세요. 하지만 뱃속에 불이 붙을지라도 나더러 탓은 마세요."

다람쥐의 재잘대는 이 소리에 곰은 한참동안 이럴까 저럴까 망설이고만 있었읍니다.

그럴수록 다람쥐는 곰의 앞뒤를 쪼루루 달음질쳐 다니며

"곰 아저씨! 잘 생각하세요." 그리고 토끼는 토끼대로 두 눈을 더욱 크게 또록 거리면서 정말 불이라도 내뿜을 듯이 곰의 눈을 쏘아보았읍니다.

곰은 머리를 살레 살레 내저었읍니다. 아무래도 토끼를 잡아먹을 용기가 없다는 듯이 물었던 토끼를 놓아 주고 한 걸음 두 걸음 물러서기 시작하였읍니다.

그러자 지금까지 발발 떨고만 있던 토끼가 옳다꾸나! 속으로 좋아하면서 공처럼 한 걸음 두 걸음 뒤로 물러나더니 그만

"다람쥐야 고맙다."

소리를 치기가 바쁘게 걸음아 날 살려라 하고 깡충깡충 건너편 숲 속으로 숨어 버리고 말았읍니다.

이것을 본 곰은 또다시 속았다는 것을 깨닫고

"이 조고만 놈이"
하면서 왁! 소리와 함께 다람쥐를 한입에 삼켜 버리려고 달려들었읍니다.

그러나 날랜 다람쥐는 어느새 우뚝 선 바위틈으로 쪼루루 달려들어 가더니 용용 죽겠냐는 듯이 머리만 빠끔히 내놓고 눈만 또록또록!— 그럴수록 곰은 더욱 약이 올라서 다람쥐를 노리고보며 바위가 무너질 듯이 왁! 소리를 질렀으나 마진편 산비탈에서

"와—"
하는 산울림 들려 올뿐, 커다란 곰은 저 혼자 대굴대굴 굴르며 어쩔 줄을 몰라 했읍니다.

錫ちゃんの防空演習

『半島の光』, 1943.8.

おひる過ぎです. 錫ちやんが學校から歸つてくると, 裏通りの方から

"クンレンクウシユウケイハウ"と, 大きな聲がきこえてきました.

それからしばらくして,

"……タバコヤノマエニシヨウキダンラクカ……"

と, もっともっと大きなこえがきこえてきました. 防空演習がはじまつたのです. 錫ちやんの家でもだれか早くでなければならないのですが. お父さんはまだ會社から歸つていらつしやいません.

兄さんも學校からかへりませんしお母さんは病氣でねておられるのです.

錫ちゃんは困つてしまひました.

"私が出でよう."

とうとう錫ちゃんは覺悟をきめてそとへ驅出しました.

するととなりのをばさんがきちんとしたモンべをはき頭巾までかぶってはしつていくのが見えました.

錫すずちやんは胸が"どきつ"としました.

モンべをはいてでなければならなかつたからです. 錫すずちやんはあわてゝ引きかへしてきました.

"お母さん, モンべどうするの?"

お母さんは困つたおかほでおつしやいました.

"さあ, どうしませう. ないからそのまゝで."

"だつて——"

錫ちゃんはうらめしそうにお母さんをながめました.

“ではおかあちやんのもんべ, どう?——”

“だめよ, あんなの大きすぎるワ”

錫ちやんはもう泣き出しそうです.

“あつそうそう錫ちやん, お兄ちやんのふるズボン, あれはいたらどう?”

“いやよお母ちやん”

錫ちやんはえんがはに立ったまゝ体をゆずぶりました.

この時また裏通りの方から

“シヨウヰダンラケカ——ハヤクデテクダサ——イ”と, 監視員の叫びごえがきこえてきました.

錫ちやんはもうしつとしているわけにはいきません.

仕方なく簞笥の中からお兄さんの極防色の古ズボンを取り出すと大急ぎではいてみました. 男のズボンつて窮屈な物です.

“なんだかきまりがわるいわ”

“……いゝわよ, からだにぴつたりしてかへつてかつこうにべんりよ, りつぱなモンべのだいようひんだわ——”

お母さんは笑ひながら, おつしやいました. けれど錫ちやんはまだ元氣が出ません.

“みんなの人に笑はれやしないかしら”

錫ちやんは門の所でもぢもぢしていました.

その時, 横丁の方から薬屋のをばさんがバケツに一つぱい水を汲んで驅けていくのが見えました.

をばさんは眞っ黒い男のズボンに男のワイシヤツを着ていました.

錫ちやんは急に見方が出來たやうに元氣づきました.

裏通りのほうからは“早く早く”とせき立てるやうに

“シヨウヰダンラクカ——”と, メガホンの叫びごえが又きこえてきました.

錫ちやんはバケツxもつて門をばつとかけ出しました.

석이의 방공연습

『반도의 빛』, 1943.8.

점심때 무렵입니다. 석이가 학교에서 돌아오자, 뒷골목 쪽에서 "훈련공습경보"라는 큰 소리가 들려왔습니다.

그리고 곧이어 "담배 가게 앞에 소이탄 낙하"라는 더더욱 큰 소리가 들려왔습니다. 방공연습이 시작된 것입니다.

석이의 집에서도 누가 서둘러서 나가야하지만, 아버지는 회사에서 아직 돌아오지 않으셨습니다.

오빠도 학교에서 아직 돌아오지 않았고, 어머니께서는 병세로 누워계십니다.

석이는 곤란에 처하였습니다.

"내가 가야지."

드디어 석이는 각오를 다짐하고 뛰쳐나갔습니다.

그러자 이웃집 아주머니가 일바지를 입고 두건까지 뒤집어쓰며 달려가는 모습이 보였습니다.

석이는 가슴이 철렁했습니다.

일바지를 입고 나가야하기 때문입니다.

석이는 당황하여 집으로 되돌아왔습니다.

"엄마! 일바지 어떡해요?"

어머니께서는 곤란한 표정을 지으며 말씀하셨습니다.

"아아, 어떡하지. 없으니까 그대로 나가렴."

"그래도— "

석이는 근심 가득한 표정으로 어머니를 바라보았습니다.

"그럼 엄마꺼 일바지는 어때요?– "
"안될 거야, 그건 너무 커"
석이는 금방이라도 울음이 터져 나올 듯합니다.
"아, 그래 그래. 석이야, 오빠꺼 오래된 바지, 그걸 입으면 어떻겠니?"
"싫어요. 엄마"
석이는 뒷마루에 선채 몸을 흔들었습니다.
그때 다시 뒷골목 방향에서
"소이탄 낙하, 서둘러 나오세요"라고 감시원이 외치는 소리가 들려왔습니다.
석이는 더 이상 이대로 있을 수 없었습니다.
하는 수 없이 장롱에서 오빠의 국방색 오래된 바지를 꺼내어 서둘러 입었습니다. 남자 바지는 불편합니다.
"어쩐지 어설프다."
"…… 괜찮아, 크기가 맞으니까 오히려 활동하기 편할 거야. 좋은 일바지 대용이야."
어머니께서는 웃으시면서 말씀하셨습니다.
그러나 석이는 아직 기운이 없습니다.
"사람들이 놀리지 않을까?"
석이는 문 앞에서 뜸을 들였습니다.
그때 골목에서 약국 아주머니가 바가지 가득 물을 담고 달려가는 것이 보였습니다.
아주머니는 시커먼 남자 바지에 남자 와이셔츠를 입고 있었습니다.
석이는 갑자기 자기편을 만난 듯 기운이 솟아났습니다.
뒷골목 방향에서 "빨리 빨리"라고 재촉하듯
"소이탄 낙하"라는 메가폰의 외침소리가 들려왔습니다.
석이는 바가지를 들고 문을 박차고 나갔습니다.

정 태 병　전 집

/2부/

동시 및 기타

동시

잠 안자는 소

『조선중앙일보』, 1949.1.1.

북녘에서 부는바람
남쪽나라 이 한밤
강물 삼천리에 힌눈나려

오양간 누렁이 힘꼴쓰는 수소야
눈을 꿈벅꿈벅 무엇을 생각하나
저산넘어 봄바람이불어오며는

―나두야 씩씩 코불며 들로가련다―
봄아 새봄아 어서오거라 잠안자고 새는밤이
너무 길구나 새봄아 봄아 어서오거라

시

秋風賦

1941.

들菊花 피인 언덕 송아지 울음 소리
굼물결 十里벌에 쫓기는 참새떼들
아~ 아~ 아~ 가을 바람
夕陽은 재를 넘고 마을에 연기나네.

물동이 이고 가는 삼태발 오솔길에
꼴배는 저 목동아 무엇을 생각느뇨?
아~ 아~ 아~ 가을 바람
구름은 재를 넘고 내마음 천뫼라네.

갈대핀 시냇길은 옛날이 그리운 길
풀벌레 내가슴에 찬이슬 적시우네.
아~ 아~ 아~ 가을 바람
저달은 돋다오고 기러기 울어예네.

수필

양쌀

『주간서울』, 1949.2.14.

흙 속에서 살 수는 없었다.

흔한 신문지(新聞紙)와 값 싼 미농지(美濃紙)지를 발르고 그냥 한 겨울을 지낼 작정이었다. 그러나 그도 하루 이틀이지 아기는 아기라고 오줌싸개를 거듭하고 또 어른은 어른대로 까딱하면 물을 엎질르고 보니 살이 부르터 오르는 것처럼 방(房)바닥은 부끔져 올라서 볼상이 아니다 게다가 조석(朝夕)으로 훔치는 걸레질에 쌍파대기는 갈수록 색까맣게 되어가니 그냥 이대로 겨울을 지낼 수는 없었다.

그래서 내 생활(生活)에 과(過)한 부담(負擔)이지마는 어떻든 장판(壯版)발이를 해야만 하였다.

물론(勿論) 장판에는 좋고 낮인 것이 있는 것이지만 물건의 질(質)을 분별(分別)하기에 너무나 백면서생(白面書生)인 나로서는 아무래도 지물포 주인(紙物鋪主人)의 양심(良心)에 맡길 수밖에 없었다.

"내사 장판 속을 전혀 모르니 이것저것 물을 필요가 없소. 아무렇든 제일 좋은 것으로 주시오."

손님의 어리석은 고백(告白)이어니 생각 했음인지 주인(主人)은 빙그레 웃으면 접대(接待)를 하였으나 나는 그의 얼굴에서 조금치도 사심(邪心)을 엿볼 수가 없었다.

"물을 약간 추겨 두었다가 쌀풀로 착 들어 붙히고 걸레질을 잘해야만……"

전라도(全羅道) 사투리였다.

나는 그의 친절(親切)을 고맙게 역인 다음 두터운 전주산(全州産) 6(六)겹 장판을 사들고 집에 들어오니 나보다도 아내와 누의가 더 질거하는 얼굴이었다.

이튼날 아내가 준비해두었던 풀 그릇을 내어밀자 나는 아주 큰일이나 치르는 것처럼 수선떠는 아이들을 모두 바같으로 몰아내고 물 추긴 수건과 마른 수건을 가져오라느니 손질할 사기대접을 가져오라느니 한판 떠들어대면서 손소 장판발이를 시작 하였던 것이다

그러나 우선(于先) 두어장 장판에 풀칠을 하고 걸레질을 하면서 이만하면 하고보니 웬일인지 장판은 온통 부꿈부꿈 부커올라오고 네 귀는 똑같이 떠들며 일어소는 것이다.

다시 두 장을 그대로 발라보았다. 그러나 역시(亦是) 장판은 울기만하는 것이다.

"왜 ― 이럴까?"

나도 모르는 일이다 죽자코 걸레손질을 하는 아내의 더 울상이 되어나처럼 군소리를 연발(連發)해도 장판은 의연(依然)히 방(房)바닥이 마다는 것처럼 온통 잔물결을 일으키면서 불룩거린 체 있다.

나는 먼저 세사(細砂)질한 토수(土手)쟁이의 솜씨를 개탄(慨歎)하기 시작하였다.

아무래도 고르지 못한 방바닥의 탓이어니 ― 그리고는 나 역(亦) 전라도 태생(胎生)이지만 종이집 주인인 그 전라도 개똥쇠에게 감쪽같이 속아 넘어가서 장판이 이 모양이 아닌가하는 통분(痛憤)을 참지 못하였다. 장사치의 도덕심(道德心)을 믿으려는 내 어리석음을 이제야 내 자신(自身)에 탓하면서도 나는 녀석이 옆에 있다면 이거 네 눈구멍으로 봐보라고 냅대 멱살을 우겨잡고 싶은 충동(衝動)을 느꼈다.

그러는 한편 누이와 아내는 장판발이 하는 내 솜시가 초년생(初年生)이니 이런 결과(結果)를 가져오는 것이라고 은근히 나무래는 것이다.

이렇게 되고 보니 나의 입장(立場)은 장판을 속아 산 잘못과 또한 접납(接納)의 두 가지 죄(罪)로 정 딱한 판이다.

나는 곰곰이 생각하여 보았다.

설사(設使) 한 장에 이백 원(二百圓)의 질 나뿐 장판이라 할지라도 이만큼 숙지하고 정성(精誠)스럽게 손질을 하고보면 좌우간(左右間) 들어붙기나 할 게 아닌가—? 하고

나는 우울(憂鬱)하였다.

어찌 이렇듯 절박(切迫)한 경제생활(經濟生活)에 있어서 어렵사리 염출(捻出)해낸 같은 갑 아치의 보수(報酬)가 뒤로 넘어져도 코가 깨지는 격(格)이냐—고

그러나 이때때였다. 만일(萬一) 아내의 입에서

“양(洋)쌀풀이라 그런가?”

하는 중얼거림에 없었드라면 나는 완전(完全)히 무색(無色)한 죄인(罪人)이 되어 버렸을는지도 모른다.

과연(果然) 그러하였다.

소두(小斗) 한 말 팔백 원(八百圓)의 맵쌀을 사오기 전(前)에는 쌀풀이 있을 리(理) 없다.

그러나 소농(小農)의 배급미(配給米)인 양쌀은 먹는 사람만이 먹고 사는 것인지 생긴 쪼자리부터 폐병(肺病) 환자(患者) 같은 얼굴에 밥을 지어놓면 석유(石油)내로 기분(氣分)을 상(傷)하게 하고 윤기는커녕 맥시 없는 데다가 뜨면 퍼실 없는 구미(口味)까지 달아나버릴뿐더러 얼마를 먹어도 배가차지 않고 파라조차 덤비지 않는 허울 좋은 양쌀인 것이다.

요즘 양짜 붙은 물건들이 좀 좋다고 하나마는 왜 하필 먹고 살아야하는 양쌀만은 이 모양인지?

그러고 보니 어찌 이 양쌀에 향기가 있어 넉넉히 두터운 장판과 방바닥을 부합(附合)시킬만한 힘이 있을 것인가.

더구나 이 전주장판(全州壯版)으로 말하면 노령산맥(蘆嶺山脈) 기름진 숲

그늘 속에서 맑은 이슬을 먹고 자란 딱(楮)나무의 원료(原料)에다가 이 땅에서 난 들깨기름을 먹여서 만든 순조선산(純朝鮮産)종이고 보니 과연(果然) 외국산(外國産) 쌀풀과 의(誼)가 좋을 리 만무(萬無)하단 말이다. 너는 너고 나는 나라는 뱃심인지 – 괜히 지물포 주인에게 배담은담(褒談隱談) 군소리를 늘어놓은 것도 내 잘못이지만 노랑수염의 바짝 마른 미장이 아저씨의 솜씨를 개탄(慨歎)한 것도 내 잘못이요 시끄럽게 굴며 방을 드나들던 아기들에게 애꾸지 화푸리하느라고 노발대발(怒發大發) 큰 소리를 친 것도 다 수양(修養)이 부족(不足)한 나의 탓이지만 이처럼 부지런하면서도 이내 가난에 허덕이는 내야 장판방이 울상이 된 것만은 내 죄가 아니쳐녀 부러울지를 말아라.

(끝)

평론

아동문화운동兒童文化運動의 새로운 전망展望

성인사회成人社會의 아동兒童에 대한 재인식再認識을 위하여

『아동문화』, 1948.11.

…… 비바람 속에서 시달리며 크는 꽃은 더욱 아름다워라 ……

시인(詩人) 우의(牛衣)의 노래다.

지조(志操)와 인내(忍耐)와 투지(鬪志)를 찬양(讚揚)하고 최후(最後)의 승리(勝利)를 구가(謳歌)하였다.

노도광란(怒濤狂亂)의 폭풍우(暴風雨)거 지난 후 새맑아오는 바다의 하늘끝은 더욱 아름다우며 설한풍(雪寒風)에 동상(凍傷)을 입은 고목(枯木)이지만 엄트며 오는 봄을 막을 수는 없다. 아름다운 새봄을 기다리는 마음은 성인(成人)만이 아니요, 아동(兒童)의 세계(世界)에 더욱 절실(切實)하고 심각(深刻)한 일면(一面)이 있으니 시방 조선(朝鮮)은 유사이래(有史以來)의 일대진동기(一大震動期)에 처(處)해 있고 이 어지러운 비바람 속에서 자라고 있는 어린이들은 어느 누구보다도 더 시달리고 있는 꽃에 다름없기 때문이다.

이러한 아동에게 관심을 가진 자(者) 흔히 "어린이는 순수무구(純粹無垢)한 심성(心性)의 세계이다. 그러므로 그들만은 이 혼돈(混沌)한 사회적(社會的) 분위기(雰圍氣)에서 절대(絶代)로 유리(琉璃)시켜야 하며, 언제나 즐거히 춤추고 노래 부르며 커나게 해야 한다"는 동심지상(童心地上)의 몽환(夢幻)의 세계로 이끌어가라고 한다.

자라는 아동의 순진한 감성(感性), 그것만은 자타공(自他共)히 인정(認定)하는바 없지 않으나 그러나, 제 아무리 오늘날같이 우심(尤甚)한 정치적(政治的) 난역(亂轢)과 사상적(思想的) 갈등(葛藤) 속에서 몸부림치며 자라는 그들이라 할지라도 장차(將次) 다음 세대를 등지고, 나갈 그들의 새로운 국가적

(國家的) 임무(任務)와 사회적(社會的) 존재(存在)를 무시(無視)할 수는 없는 것이다.

이 아동문제(兒童問題)의 논의(論議)는 비단(非但) 오늘에 비롯한 것이 아니다. 벌써 삼일운동(三一運動) 직후(直後) 어른이 아닌 어린이 자신(自身)이 "우리들은 장차 나라의 큰 힘이 되겠으니 부디 어린 우리들을 존중(尊重)해 달라"고 고성(高聲)치며 일어난 '어린이날'이라는 아동(兒童)의 일대혁명운동(一大革命運動)이 증좌(証左)하고 있다. 그러면 나라의 큰 힘이 되겠다는 서약(誓約)과 우리를 존중해달라는 외침, 그것은 무엇을 의미(意味)하는 것인가? 이는 당시(當時)의 너무나 봉건적(封建的)이며 퇴폐(頹廢)적인 시대사상(時代思想)에 대(對)한 배전적(排戰的)인 반항(反抗) 그것을 엿볼 수도 있거니와 그보다도 "환치(幻稚)한 우리들이지마는 부디 새로운 관심(關心)과 커다란 희망(希望), 그리고 굳건한 지도육성(指導育成)을 아끼지 말아달라"는 참다운 절규(絶叫)였다는 것을 알 수 있다. 행여 불면 꺼질세라, 둥가둥가 하늘에서 하강(下降)한다는 천사(天使)를 영접하는 것처럼 흰 손길의 우우(優遇)를 바라는 어리석은 호소(呼訴)는 아니었던 것이다.

"새날의 일꾼이 되기 위하여 힘을 기르자" 하는 이 나라의 어린이들, 실(實)로 어린이날의 진정한 우의는 여기에 있었던 것이다.

그러나 그들의 참된 부르짖음은 다만 거기에 그쳤을 따름 오늘날까지도 어린이들에게 대한 사회인(社會人)의 관심(關心)과 인간적(人間的)인 취급(取扱)이 너무나 소홀(疏忽)하고 냉랭(冷冷)하고 또 이에 대한 지도이념(指導理念)이 왜곡(歪曲)된 그대로이기 때문에 아동은 순진(純眞)한 인간이라는 구실(口實)삼아 사회와 굳게 장벽(墻壁)을 싼 에덴동산에서 단꿈을 꾸라고 역설(力說)하는 것이다.

대체로 어린이의 순진한 인간성(人間性)이란 곧 선천적인 것을 말함이요 낳면서부터 지극(至極)히 불우(不遇)한 환경(環境) 속에서 질시(嫉視)와 모멸(侮蔑)과 냉대(冷待)를 받아가며 커난 아이가 팔백만(八百萬) 조선 아동의 거의 전부(全部)라는 것을 생각할 때, 본연(本然)의 순진성(純眞性)이라는 것을 고대로만 발휘(發揮)시킬 수는 없는 것이다.

이 땅의 어린이들은 몇 세대(世代)를 두고 우선(于先) 핍박(逼迫)한 경제적(經濟的) 조건(條件)아래 정신(精神)없이 시달리고 자라났으며 더구나 인간적(人間的)으로 치지도외(置之度外)하는 우리네의 민도(民度)와 견주어 볼 때 그들에게 다시금 안목(眼目)이 서지 않음을 어찌 할 수 없다.

여기서 금후(今後) 아동문화운동의 새로운 방향(方向)은 더욱 현실(現實)을 정확(正確)히 관찰(觀察) 파악(把握)함으로써 스스로 규정(規定)될 것이 어니와, 그렇게 하기 위해서는 먼저 커나는 그들의 현실적(現實的)인 입장(立場)을 솔직(率直)히 밝혀주는 동시(同時)에 그들의 장래(將來)할 중대임무(重大任務)와 그 수행(遂行)에 대처(對處)할만한 힘을 어떻게 배양(培養)해 주어야 하겠는가, 그것이 급선무(急先務)이다. 그들이야말로 어떠한 빗바람이라도 부딛쳐 이기며 앞날 화려(華麗)하게 피일 꽃봉오리를 마련해야할 것이니 우리는 이 아동들의 부단(不斷)한 지도육성을 응당(應當)히 성인사회(成人社會)의 새로운 각성(覺醒)에서 촉구(促求)하지 않으면 안 될 것이다. 따라서 해운동(該運動)의 실천전개(實踐展開)가 조직적(組織的)으로 구체화(具體化)되어야 할 것을 어지러운 오늘이기 때문에 더욱 절실(切實)히 느끼고 있는 것이다.

잠간(暫間) 사이 성인사회의 아동에 대한 관심(關心)과 희망(希望), 이것을 오인(吾人)은 연극(演劇) 〈태백산맥(太白山脈)〉에서 가장 인상(印象)깊게 느낀바 있었다. 아동을 연구(硏究)하는 자로 하여금 더욱 열루(熱淚)를 금치 못하게 한 이 연극은 폭악무도(暴惡無道)한 일제(日帝)에 항쟁(抗爭)하고자 감연(敢然)히 봉기(蜂起)한 '강포수(姜砲手)'라는 애국투사(愛國鬪士)를 중심(中心)으로 지네들의 상투적(常套的)인 기만(欺瞞)과 최후(最後)의 살인적(殺人的)인 발악(發惡) 앞에 희생(犧牲)하면서도 장차 조선의 주인공이 될 어린이들에게 기대하는바 싹트는 그들의 생명보호(生命保護)를 동리(洞里) 인민(人民)들과 함께 절규(絶叫)하고 종막일경(終幕一景)에게 '만돌(萬乭)'이라는 아동으로 하여금 탄환(彈丸)에 쓰러진 아버지를 대신하여 억압(抑壓)하는 무리에게 대한 복수(復讐)에 불타는 어린 가슴이 진리(眞理)와 정의(正義) 앞에 용감(勇敢)한 투쟁(鬪爭)과 내일의 승리(勝利)를 맹서(盟誓)하게 하는 것이다. 이 어찌 새로운 생명력(生命力)을 어린이와 더불어 구가(謳歌)하려는 쾌작심(快作心)이 아니겠는가. 다시 아동의 입장(立場)에서 '만돌'이라는 어린이, 아니, 내일은 부르짖는 조선소년(朝鮮少年)의 자각(自覺)은 제 눈앞에 역력(歷歷)히 벌어진 성인사회의 피비린내 나는 항쟁 속에서 힘차게 싹 트기 시작한다는 것을 배울 수 있었던 것이다. 우리는 다시 외국(外國)의 수(數) 많은 위험담(危險譚) 가운데서도 조국(祖國)의 위급(危急)한 운명(運命)을 구(求)하고저 풍진만리(風塵萬里)를 화살처럼 달려가던 애국소년(愛國少年)을 찬양(讚揚)할 수 있거니와 그 보다도 제2차(第二次) 세계대전(世界大戰) 시(時)에 생긴 하나의 사실(史實)을 들추어 봄으로써 더욱 새로운 흥미(興味)를 느낄 것이다.

즉(卽) '팟쇼' 독일(獨逸)에게 유린당(蹂躪當)한 '유-고 스라비아' 인민(人民)이 국내분쟁(國內紛爭) 중(中)에 수립(樹立)된 반역정부(叛逆政府)를 도양(倒壤)하고 적국(敵國)에 다시 항전준비(抗戰準備)를 꾀하였다는 사실, 그것은 소위(所謂) '아동혁명'에서 비롯하였다는 것과, 괴뢰정부(傀儡政府)의 위약성(謂弱性)을 조롱(嘲弄)하고 친독파(親獨派)와 민족반역자(民族叛逆者)의 타도(打倒)를 절규(絶叫)하는 용감(勇敢)한 시위(示威)와 광견(狂犬) '힛틀러'의 초상화(肖像畵)를 발기 찢어버리고 농성항전(籠城抗戰)하던 국민(國民)이 바로 십삼세(十三歲) 미만(未滿)의 아동들이었다는 눈물겨운 사실이다.

여기서 우리는 성인도 능가(凌駕)할만한 아동의 세계를 발견(發見)할 수 있으며, 그러한 아동들은 끊임없이 국가와 사회의 일원(一圓)으로서 성인의 세계로 달음질 치고 있다는 것을 알 수 있다.

시방 조선은 불속에 있다. 그리고 홍수(洪水)의 화중(禍中)에 있다. 그럼에도 불구(不拘)하고 아동이기 때문에 불꽃이 휘날리고 흙탕물이 밀려드는 첨하 끝에서 꿈같은 노래와 아양스러운 소꿉노리가 벌어졌다고 할 때, 우리는 그것을 막무가내(莫無可奈)한 동심(童心)의 세계라고만 웃어버릴 수는 없는 것이다. 그들도 힘에 불타는 어른들과 더불어 물과 불 속에서 제 가진 책(冊)을 꺼내오고 고사리 같은 손으로 배급(配給)밀자루를 끌어내려고 발버둥 치는 안타까운 모양을 발견(發見)할 때 이야말로 현실생활의욕(現實生活意慾)에 불타는 숨김없는 동심의 세계라고 진정(眞正)한 의미(意味)에서 어루만져줄 수 있는 것이다. 그 뿐이 아니다. 그보다도 지금 우리 앞에 (……………………………)[1] 없는 것이다.

아동은 천진난만(天眞爛漫)한 성인 이하(以下)의 존재로만 경시(輕視)할 수 없다는 것은 결(決)코 성인 대(對) 아동의 편(便)이 되어 그들은 옹호(擁護)하고 또한 과대평가(過大評價)하고자 함에서가 아니라 지금 어른 이상(以上)으로 어지러운 빗바람 속에서 시달리며 개화(開花)하려는 그들이기 때문에 그 지도(指導)와 육성(育成)에 임(任)할 성인사회의 새로운 인식(認識)은 두말할 것도 없거니와 당장(當場)에 가난과 줄임과 폭압(暴壓) 가운데 헐덕이고 있는 절대다수(絶對多數)의 우리 귀(貴)여운 아동을 위주로 한 힘찬 문화운동(文化運動)이 조직적(組織的)으로 전개(展開)되어야한다는 것을 중언부언(重言復言)하는 것이다.

그렇다면 여기에 있어서 응당(應當) 운동의 조직적인 방법론(方法論)과 또한 좀 더 구체적(具體的)인 지도이념(指導理念)을 제시(提示)논의(論議)해야 할 것을 잘 알고 있지마는 지면관계(紙面關係)로 거기까지 언급(言及)치 못함을 유감(遺憾)으로 생각한다.

그러나 어떻든 “네 죄(罪)니 내 죄니 해도 가난이 죄다”라는 말과 같이 내나 내인 아이들의 편에서 천추(千秋)에 사무칠 죄를 범(犯)하지는 않을 것이다.

---

1 원문이 삭제되어 있음.

좌우간(左右間) 여물고 보아야 할 씨앗이 썩어서 곰팡이 나고 그래서 그 자체(自體)가 가난하디 가난해버린 어느 성인사회가 애꾸지로 이 중죄(重罪)를 저도 모르게 부하(負荷)하고 나선다 할 때에 철모르는 어린이들이사 장성(長成)하고 나서야 더욱 뼈저리게 느끼리라는 것을 생각하면 우리 머지않은 그날을 앞두고 남의 일 같이 그저 웃어버릴 수만은 없는 일이 아니겠는가,

어서
—열세 아이 가운데 한 아이 만이
즐길 수 있는 장난감을 만들지 말라 —

창작민화 제1화

하인下人과 상전上典

어두육미(魚頭肉尾)

『신천지』 33호, 1949.2.

성구장(成區長)은 일제시대부터 오늘까지 내리 십여 년을 두고 상마리(上馬里)구장을 독차지하고 있는 인물로 마을에서 뿐만 아니라 면소에서도 그의 병명은 '성나발'이라 불리우는 만큼 말이 좋은데다가 모든 것을 나 혼자만이 아는양 떠들고 다니는 위인이다. 그래서 때로 그의 별명은 '건성나발'이라고도 불리우게 되었다

본시 제 이름 하나 똑바로 쓸 줄 모르는 처지였지만 구장사리 십여 년에 공문서의 수자만은 겨우 읽을 만한 정도에 이르고 보니 그제는 어느 자리에 가나 의레 남 먼저 떠들고 일어스면서 청산유수 같은 말씨로 그럴 법하게 사리를 척척 따지고 나서는 이를테면 무물통지요, 개똥박사격이었다.

구장의 직책으로 공문서의 처리 같은 것은 아들 만호의 손으로 하여 자가지마는 무슨 공출이나 무역이나 또는 세금이니 청결이니 하는 주지사항과 독촉을 하는 일은 대체로 정구장의 입으로 처리하여 나갔다.

마을 안 느티나무 장군 옆에 있는 우물가에는 하루 종일 사람들의 그림자가 흩지지 않았다. 그렇기 때문에 서구장은 그런 일이 생기면 으레 이 자리에 나타나서 한 사람이 있던 두 사람이 있던 고래고래 악을 쓰기가일 수였다.

"…… 이 염체 없는 사람들아, 생각을 해 보개, 관에서 내라는걸 안내고 두었다가 줄을 때 짊어지고 갈 뱃장인가?— 응, 이왕지사면 남 먼저 내놓고 모범부락이란 말이라도 들어야지 응, 이 땅패기 같은 위인들아, 그러

지들 말소. 고름이 살 되는 법은 없느니-"

남의 멱살을 우겨 잡고 싸움질이라도 하는 것처럼 억차고 째지는 말씨로 떠들었다.

그러고 나면 물을 길러 왔던 아낙네들은

"애고저 놈의 나발 또 분다 ……"

고 중얼거리면서 물동이에 반도 못되게 물을 길다 말고, 그만 불이야 물이야 종종걸음을 치고 달아나 버린다. 그러고 나무그늘 아래서 담배라도 피우고 앉았던 사람들 가운데서

"…… 암, 구장님, 말씀이 땅에 떨어지기가 아깝지라우 ……"

하고 고개를 끄덕거리는 페가 있는가하면

"허, 오늘밤에 또 비가 올 모양이네 그려 …… 엇 사깟 준비들을 허세 ……"

하고 중얼거리면서 슬금슬금 그 자리를 빠져나가버리는 패들도 있다. 그러기 전에 이런 사람들은 대개는 성구장이 이 자리를 향하여 씨근덕거리고 오는 눈치면 벌써

"익크, 또 한나발 불 모양이구나."

하면서 벌떡 일어나 뒷꽁문이를 감추는 것이다.

성구장의 살림을 말하면 본래 넉넉한 편은 아니었다. 선친의 유산으로는 논 밭 합해서 겨우 십여 두락 게다가 반정보 남짓한 임야가 그의 전 재산이었는데 구장이 되면서부터 온 마을 사람들을 제 손아귀에 모라 넣고 좋은 말미건 낮은 말이건 우락딱알박을 눈을 부릅뜨고 덤벼들면서 고래고래 명령 조(調)가 예사였다. 그러나

"이건 내가 하는 말이 아니라, 관에서 하는 것이니 행여나 나삐 생각들 말게……"

한판 연설 끝에는 의레히, 이런 소리로 끝을 맺는 것이었다. 이렇게 압벽 뒷벽을 처가면서 마을 일을 교묘히 처리해 가는 터이라 대채로 말을

사람들에게서 과히 원심은 둔지 않는다고 생각해오는 구장 자신이었다.

아무렇든 성구장은 이 마을에서 으뜸가는 권세가요, 또 오 년 전에 새로 성주한 기억자 열두칸의 오엿한 접집이 읍내에 내다놔도 축에 빠지지 않을 뿐 아니라 하루네 부엌에서 연기가 끊일사 없이 온 집안에 온기가 오는 이를테면 이래저래 권도살림을 해 나가는 처지였다.

이 집을 지을 때 성구장은 마을 사람들을 모아 놓고 명령보다는 오히려 사정하는 말씨로 얘기가 길었다.

"내 이 집을 성주 해서 뭐 높은 배게를 배려는 그런 호팔자 같은 생각에서보다도 이 자리에 모인 사람들은 뻔히 아는 일이지만 우리가 무슨 회의를 한다구나 또는 관에서 귀한 손님네들이 우리같은 백성들을 위해서 출장이라도 오는 일이 있을 때는 거 어디 앉일 자리라도 있어야 우리가 그 은공에 보답 하는 일이 아니겠는가— 실은 그래서 내가 없는 살림에도 이 큰 일을 시작한 것이어 허나 내 이미 육십이 가갑도록 명색 구장이라고 조석으로 동네방네 내 집 마당이나 다름없이 쓸고 다니는 것도 다 우리 마을을 위하는 일렴(一念)에서 하는 내 충정이어— 응, 그러니 부디 이번 일에 단 한나절이라도 와서 조력을 해 주어야겠단 말이여— 응 그 말 알아 듣겠지? 기왕에 말이 났으니 말이지 이런 말은 내 입으로 부탁하기 전에 다 지바들이 미리 구수작당해서 그 뜻을 내게 얘기함즉한 일인데 아 벌써 일 시작 한지가 일어가되도록 한 사람 드려다도 안보는 이 나라인심이 어디 있단 말인가— 아무래도 팔이 내굽든 않는 법이느니……"

이때 성구장의 얼굴은 빨갛게 상기가 되었고 어떤 분함에 못 이기는 듯한 씨근거리는 숨소리는 곧 무슨 일이라도 일어날 것 같았다.

"아무럼은요. 구장님 말씀이 옳습지오. 하, 우리들이 사 밤낮으로 일 해 먹고 사는 놈들이라 하루나 이틀쯤 몸공 드리는 일이사 그리 대단찮은 일인대— 다 좋을 대로 허지라우."

모인 사람 가운데서 이렇게 말을 하는 사람이생기자 너도나도 이에 반대하지는 않았다.

"두 말씀입니까—"

"이럭저럭 재 일이 쫓겨서 그리 되었이니 좋을대로 허지라우—"

이튿날부터 마을 사람들은 정말 동리회관이나 이룩하는 것처럼 자기 일들을 재쳐두고 순차로 하루 몸을 제공하였다.

그래서 송목 열두 칸의 기역자 집은 마을의 공동 정호 개수용(改修用)으로 멤소에서 배급이 온 양회로 말쑥하게 단정가지 하고 대문에는 선도삼이라는 문패와 함께 ○○면 장마리 동회사무소 라는 간판까지 붙이게 되었다.

과연 성구장의 말처럼 군이나 면소직원은 물론 순사와 조합 직원 할 것 없이 양복쟁이면 심제 달걀장수까지라도 이 마을을 들어서자마자 의례 구장을 찾았고 또 이 버젓한 새 집 대문을 들어서는 것이 일수였다.

"…… 허성주 하시느라고 애 많이 쓰셨습니다 그려—"

"뭘이요. 온 마을 구석이라고 귀한손님들이 찾아오신데야 어디 담배 한 대 피우실 자리가 있어야지요. 그래 있는 것 없는 것을 죄다 정리해서 기둥을 세워본다는 것이 보시다시피 이렇고롬 누추하게 되었입니다 마는— 하여간에 이처럼 모시게 되니 무렴 면이나 되는구먼요—아 편좌하지시라우 ……"

성구장의 관청 손님 대접의 선두는 천편일률적으로 이런 투였으니 부득이한 경우 점심밥이니 혹은 술상이라도 차려야 할 때는 그 직원의 계급과 지위와 또는 용건에 따라서 접대하는 격식과 품이 각별하였다.

대수롭지 않은 일로 출장을 나온 면소 직원 따위는 그저 있는 참에 밥을고봉으로 차려내나오면서

"시장이 반찬이니 □□□라도 달게 잡수시지…… 마침 약주도 떠러졌다고 그냥 와서 온, 반주도 ……"

하고 중얼거리다가

"거, 다시 한 번 가봐라, 온 모처럼 오신 손인데 이럴 수가 있단 말이냐
……"
하면서 안을 향하여 머슴 임서방을 부르는 것이다.
이럴때 벌서 밥을 뜨고 있는 손님이
"아아니, 관두시지요……"
하고 보면 선구장은
"그럼 안됐습니다만 다음날 오실 때는 미리 준비라도 해 두겠이니 어서 천천히 뜨시라우 ……"
하고 마는 것이다.
그러나 이 손님이 돌아가고 뒤이어 다시 하다못해 공출사무라도 맡은 사업서가니 혹은 순시라도 구두소리를 쩌벅거리고 찾아오면은 성구장은 벌서 허둥거리기부터 하는 것이다.
"임서방, 거 한 마리 또 죽여야겠네!"
불이야 불이야 머슴을 불러서 닭을 잡게 하고 멥쌀의 밑줄에 찹쌀을 비저 만든 신청주가 바로 광속에서 나오는 것이다.
그래서 주인의 분부대로 머슴 임서방의 손에 목이 비트러지는 닭이 하루 평균 한 마리는 더 되는 셈이다.
"허, 닭 잡수실 주사나리가 또 오신 모양이구나."
머슴은 의례 이렇게 중얼거리며 애꾸지 눈을 똘람거리고 노는 닭에 목아지를 불상해라 비트러 잡지마는 일단 잡고 보면 벌써 군침 삼켜지는 고기인지라 머슴 임서방도 목젓이 당기는 것이다.
그러나 첫째 닭이 꼬리인 똥집이라는 것은 언제나 주인의 독차지가 되고 또 털을 뜯어 배를 갈르기도 전에 날개쭉지와 발목은 칼등으로 조군조군 조사 달라는 자근 주인의 분부가 있는가 하면 간과 콩팟은 의례 안댁이 눈에 좋다고 더운 김이 가시지 전는 생채로 먹어버리고 또 창새기는 창새기대로 대꼬쟁이에 뒤집어 꿰어서 구어 먹겠다고 아이들이 우물가

에서 떠들어대고 보니 임서방의 차지라고는 칼끝에 떨어져나가는 조둥이와 발톱뿐인 셈이었다.

어느 날 아침, 간밤에 찾아든 관청손님은 누구인줄을 모르지만 주인 성구장의 굽신거리는 태도로 보아 이만저만 귀객이 아닌 모양이었다.

저녁술상에는 통째로 살문 닭찜에다가 구이까지 올려놓는 등 두 마리의 닭에다가 피문어를 안주로 자정이 넘도록 권커니 작커니 코가 배틀어지거라 마시고 먹은 모양이었다. 그리고 손님이 입에 게배큼을 비지시 흘리며 쓸어지자 성구장은 수은이라도 만지는 듯한 조심성으로 아룻목에다 안아 눕히드니 며누리의 새 이부자리까지 내노라는 법석을 이루웠다. 그래서 시집온 지 삼 년이 넘었어도 이불보에 싸둔 채 아직 머리때 한 점 묻지 않은 양단 이부자리 한 채를 시아버지의 명령으로 할 수 없이 머리를 베어가는 듯한 마음으로 내놓은 새아씨는 밤새 울기라도 하였는지 아직도 눈이 부은 채 뽀루룽한 얼굴로 아무 말이 없다.

"여, 임서방 손님 속풀이를 해야겠네. 어서 통통한 놈으로 한 마리 잡게―"

주인의 이르는 말에 의하여 머슴 임서방은 닭장 속에 머리를 내밀고

"또 어느 놈이 어제밤 꿈을 잘못 꾸었느냐"고 중얼거리며 고개를 깃속에 움추리고 있는 노랑 암탁을 추켜들고 뒷곁 두엄자리로 갔다.

봄 병아리가 여름 되어 제법 앞가슴이 목신하니 아무래도 영계로는 살맛이 좀 나을상 싶어 보인다.

꼬꼬, 파드득……

닭은 임서방의 거친 손아귀에 눈 깜짝할 사이 업시 숨이 끊어지고 말았다. 두 눈을 시르르 감으며 아직 뜨거운 목에서 발딱발딱 꼬르르 소리가 나지마는 임서방은 벌써 한우쿰씩 털을 뜯기 시작한다.

이내 닭털을 다 뜯고 난 머슴은 우물가에서 배를 갈른 다음 버릴 것은 버리고 또 날재쭉지며 발목이며는 어느때와 같이 차지할 사람들이 다 찾이하고 나니 어느새 부엌대기 삼원이년은 또 빚쟁이처럼 접시를 내밀고

으긋하니 서있는 것이다.

똥집을 내라는 것이다. 이 닭 이 꼬리 똥집이야말로 세상없는 사람이 욕심을 낸다할지라도 기름소금에 입맛을 다셔야하는 주인이였다.

"허, 잊어도 안 버리는구나 …… 아아 나갔다. 씹어라 베라를 먹을 것 ……"

내질으는 듯한 머슴의 말에 삼월이가 한 눈을 찡긋하면서 한 점 입맛을 당기는 똥집을 접시에 받아들고 큰방으로 들어가자 임서방은 깨끗하게 씻은 닭을 통째로 옹기그릇 속에 우겨 넣은 다음 손을 털고 일어섰다.

그러고 나자 주인댁은 백지에 싸들고 온 인삼 세 뿌리를 집어넣고 질그릇 뚜껑을 하드니 이글이글 피워진 숯불에 언저 놓는다.

이를테면 인삼영계백숙(人蔘靈溪伯叔)으로 간밤의 속푸리를 하자는 것이었다. 임서방은 후죽후죽 세수를 하는 둥 마는 둥 하고 부엌에 쭈구리고 앉아서 아참밥상을 받았다.

한쪽 귀가 떨어진 육모상에 고봉으로담긴 보리밥에서는 김이 뭉개져 긔어오른다. 간장과 오이김치와 콩나물 접시가 놓여 있는가하면 오늘아침에는 굴비 대가리 한 접시가 더 올랐다.

임서방은 숟가락을 들다말고

"쳇!"

어이없다는 듯이 입맛을 다시드니 무엇을 생각했는지 접시에 놓인 굴비 대가리를 살강 밑 구시통 속에 집어던져버린다.

한쪽이 까맣게 탄 굴비 대가리는 구시통 구정물 위에 동동 뜬 채, 헤에 악아리를 벌리고 있는데 이때 마침 고무신을 끌면서 부엌으로 들어오던 안댁 마나님이 이것을 보고 그만 질겁을 하면서,

"아아니 왜 고기를 구시통 속에 띵겨 버린거여?"

하고 짜증내는 말씨다.

피시시 끓은 화로에서는 벌써 구수한 닭 냄새가 풍겨오는데 머슴 임서방은 아무 말이 없이 두 눈만 꿈벅거리면서 빗물 같은 간장을 한 숟가락

떠먹고 나느디 다시 밥을 뜨기 시작한다.

"아아니 고기가 싫으면 싫다고 허제, 어쨌다고 살강 밑에 다 주는 거여 응―?"

마나님이 다시 머슴이 향하여 입이 깨지는 소리를 하자,

"여, 이 사람아―"

부엌문 밖으로부터 주인이 우물우물 무엇을 깨물면서 부엌 안으로 고개를 내어 밀드니 볼이 터지는 소리를 한다.

"―시, 닭털이 온통 천지사방으로가 있능가, 응 거 어쩔라고 사람이 그처럼 조심성이 없어, 응―?"

주인 성구장은 지금 삼월이가 갖다 바친 닭이 똥집을 생채로 입에 넣고 우물우물 씹으면서 뒷곁으로 돌아갔다. 어수선하게 흩어진 닭털을 보고 그만 마땅―치 않해서 온 참이었다.

그러나 임서방은 밥을 꼴딱 삼키고나서도 의연히 아무 말이 없다.

그러자 뒷문 곁에 섰던 안댁이

"…… 글시 닥털도 닥털이지만 온 먹는 음식을 죄로 갈라고 구시통 속에 넣버리는 사람이 어디 있어? 참, 벨 일도 다 많네 ……"

넌지시 영감에게 고자질을 하면서 아니꼬아라 머슴에게 눈을 흘기고 있다.

"아니, 고기를 내버리다니?"

영감이 의아한 얼굴로 이렇게 묻자,

"저것 좀 보제, 굴비를 상에 놔 주었드니, 저렇게 구시통 속에다가 넣버리지 안했는가베…… 참, 꾸정물 속에서 상전이 생겨났든가? 응, 지가 우리집 상전이등가―?"

소마나님은 기가 막힌다는 듯이 참, 소리를 거듭하면서 매서운 눈초리로 임서방을 쏘아본다.

"……"

그래도 임서방은 아무 말이 없이 볼이 미어지거라, 바보처럼 밥만 퍼먹고 앉았드니, 살강 밑에로 고개를 돌리면서 불쑥 하는 말이다.

"아아니라우, 거, 그놈의 고기 색기가 대가리만 생겼제 아직 몸둥이가 덜 되었기에 물속에서 더 커가지고 오라고 그랬지라우 ……"

이 소리를 들은 주인과 마나님은 정말 어이가 없다는 듯이 서로 멍멍 얼굴을 쳐다보고 있는데 닭의 백숙탕 화롯불을 보고 앉았든 며누라 새아씨의 얼굴은 아무래도 시원스런 소리를 듣는다든 듯이 입을 삐죽 거리면서,

"…… 그런 소리를 들어싸제, 머슴이라고 대가리 주어도 괜찮다고만 우겨 쌓드니……"

하고 시어머니께 중얼거리는 것이다.

"허허 그 사람 ……"

한바탕 어이없는 웃음을 지고나드니,

"아, 이 사람아 그 무슨 짓이란 말인가. 응? 거, 어두육미라고, 어물은 대가리가 맛이요, 육물은 꼬리가 맛이란 말이 있지 않는가, 응, 자네같은 위인이 어디 그런 문자를 알겠는가마는 …… 허 그 사람 ……"

하면서 육물의 꼬리인 똥집을 우물우물 깨물며 그대로 돌아서는 것이었다.

창작민화 제2화

샐 달린 말

『신천지』 36호, 1949.5 · 6.

가을날, 해질녘이다.

백여 호가 넘는 용머릿촌에서는 물론, 이 가근방에서도 고집 세기로 이름난 배뚱이 영감, 박참봉은 머슴 군칠이를 대동하고 집을 나섰다.

건넌 마음 성주자네 생신잔치를 먹으러 가는 길이다.

주인은 앞을 서고 머슴은 뒤에서 배웅하고 수수이삭이 제법 여무러가는 밭 뚝길을 지나 누우렇게 벼가 익어가는 들판을 내려다보며 휘청휘청 걸어간다.

이따금 불어오는 바람에 온통 금물결을 이루워주는 들 집이다. 노을빛은 서산머리에 비단처럼 고운데 아직 집 찾아들지 않은, 참새 떼가 볏논에 덕석으로 앉아서 째째거린다.

"후여 — 아, 저놈우 새 새끼들 세상 만났구나, …… 피땀 흘려서 죽자고 농사를 지어 놓니가 …… 쯧쯧 …… 후여 —"

배뚱이 영감이 손벽을 마주치며 새를 쫓는 소리다.

참새 떼는 후루루 아랫논으로 몰켜날라 앉는다. 그러자 머슴이 흙뎅이를 집어 쏘면서

"후여 — 엇!"

들판이 떠나갈 듯한 소리를 치니까 참새들은 깜짝이야, 멀리 장둑켠으로 몰켜 날아가 버린다.

떼 지어 날아가는 참새들을 바라보던 배뚱이 영감은 환등처럼 구부러진 먼 장둑 위에 무엇인지 아른거리는 것을 발견하고 한 손을 이마에 대

드니 돛뵈기 넘어로 두 눈을 가조롬하게 바라보면서 머슴에게 묻는다.

"저어기 방천 뚝에 있는 것이 뭔가?"

소인지 말인지 맴소인지 저녁 어스름에 쌓여 언뜻 분간할 수는 없으나 하여튼 한자로히 풀을 뜯고 있는 짐승임에는 틀림없다.

머슴 군칠이는 주인이 가리키는 냇뚝을 뚫어져라 한참을 서서보고 나드니

"…… 네— 저건 방죽안 김선달네 누룩소 올시다 ……"

영감은 머슴의 대답에 아무 말이 없다. 그러드니 이내 헤햄! 보튼 기침을 하면서

"소라니? 아, 글세 저것이 손가?"

하고 큰 소리를 치며 머슴에게 눈을 흘긴다.

"……"

"아, 이 사람아 그래 자네 눈엔 말이 소로 뵌단 말인가?"

머슴은 주인의 어딘듯 핀잔하는 말씨에 무슨 말을 할가말가 망설이는 태도를 보이드니

"…… 영감님 저게 소가 아니고 뭡니까?"

하며 못마땅한 듯 코를 동으로 튼다.

"흥! 늙지도 않은 위인이 벌써 눈이 헷보이는 모양일세 그려, 아 소 같으면, 저렇게 키가 커 보이겠는가 말야 이 미욱한 사람아 ……"

배뚱이 영감은 또 한 번 머슴에게 눈을 흘기도 홍, 코웃음을 치드니 그대로 휘청거리며 앞서 걷기 시작한다.

머슴 군칠이는 정 딱하다. 뻔히 아는 속, 이 배불뚝이 영감쟁이가 한 번 옳다고 한 말은 세상없는 사람이 긇모두 다고 할지라도 도시 땅패기로 먹어주지를 않는 그 박달나무 같은 고집성을 잘 알기 때문에 더욱 이런 판에는 입을 딱 다물어야할 줄을 잘 안다. 그러나 진정 억울하다는 듯이 머슴은 고개를 깟딱거리면서

"…… 영감님, 저, 제작년 건넌 마을 성주사 댁에서 화리소로 가져온 김선달네 누룩소가 분명한디우 ……"
하고 중엉거리며 쩍 입맛을 다시려다가 그만 핀잔이라도 받은 사람처럼 말끝을 흐려버리고 뒷통수를 긁적거리면서 뒷딸아 간다.

머슴과 주인은 고부라진 논뚝길을 지나 비슥하니, 가로길난 냇뚝을 오르고 잇다. 그럼녀서 소인지 말인지, 분간하려는 눈은 머슴보다 영감이 더하는 모양이다. 연성 고래글 쳐들고 돛뵈기 넘어로 장둑 위를 보다 말다 한다.

냇둑의 잔디는 영감 대가리처럼 모즈라졌다. 그 위에 꼬리를 저으며 있는 짐승은 분명한 소다. 보고리 줄을 끄은 체 풀을 찾고 다니는 짐승은 번지르르 기름살이 찐, 틀님없는 누룩소다.

머슴은 자, 이만하면 이 짐승이 말이 아닌 소가 분명하다는 것을 영감 코앞에다 똑똑히 증거 삼을 수 있는 일을 생각하고, 속으로 허허 웃고 나서 마치 철없는 어린애에게 하는 때처럼 영감 앞으로 바루 닥아서면서 하는 말이다.

"영감님! 보시지라우 이렇게 두 뿔이 억차게 달린 소란 말이우 ……"

두 손을 머리위에 밧짝 치켜세우면서, 우왁하게 돋은 소뿔 모양을 해보인다.

그러나 영감은 아직도 못마땅한 모양, 부릅뜬 두 눈을 머슴에게 홱 돌리면서 쏘아붙이는 말이

"어허 …… 몹시도 극성을 부리는 군 …… 그래 자네는 소인지만 알게."

"……"

"이 갑갑한 위인아, 이건 뿔 달린 말이란 말야, 뿔 달린 말 ……"

"…… ? ……"

머슴 군칠이는 무 캐다 들킨 사람처럼 멍멍하고 섰드니 아무래도 주인 영감을 뻔히 쳐다볼 염도 없다는 듯이 얼굴을 동으로 틀면서 코를 샐룩거

린다.

배뚱이 영감은 에헴! 일부러 큰 기침을 하면서 뒤도 안돌아보고 냇뚝길을 내려가기 시작한다.

"허 …… 논 뚝 밭 뚝 없는 놈의 말은 먹어 주지를 않으니…… 온."

머슴 군칠이의 중얼거리는 소리다.

그러나 머슴은 정말 아무 일도 없었던 것처럼 흔연스러운 얼굴로 주인의 뒤를 따라 내려가고 있다.

그러는 참인데

"뗑 겅 뗑 ……"

장둑 뒤에 노닐던 뿔 달린 말은 말파리라도 쫓는지 귀핑경을 울리고나드니

"음메 ─"

하고 재 넘는 석양을 향하여 서럽게 우름을 우는 것이다.

창작민화 제3화

수렁水濘에 빠진 도둑

『신천지』 37호, 1949.7.

김초시네 열 마지기 수렁논(水濘畓)은 설사 칠월 들어 가뭄이든다할지라도 과히 물 걱정을 하는 일 없이 볏농사를 지을 수 있는 수답(水畓)이다.

구태어 귀한 금비를 쓰지 않드라도 봄가리 때 밑거름으로 소와 돼지거름을 깔고 초벌 맬 때쯤 섬 콩을 뿌려놓기만 하면 세상없는 천변이 있기 전에는 아무렇든 매마지기 석 섬은 벗는 개똥논이다.

이 집에서 벌써 삼 년째 나는 머슴 배센은 첫햇 농사에 전에 없는 수확을 거두웠다. 평띠기 일홉 칠작을 본 것은 전에 없는 일이었다.

그 이듬해인 작년에는 못가리로 따져 예년보다 열 짐을 더 가리쳐 놓고 보니 첫째 계산에 빠른 김초시는 그것이 모두 곤한 새벽잠을 자지 못하고 산들 밭들로 찬이슬을 적셔가면서 퇴비를 작만하고 삼복더위에 팥죽 같은 담을 뻘뻘 흘리며 기심매는 뒷 심부름이며 혼자서날마다 피를 뽑고 또 메루기름을 뿌리는 일이며 그만 한시도 남의 일 같지 않게 게으름을 부리지 않은 머슴 배센의 덕인 줄을 번연히 알면서도

"아무래도 남은 남이지. 제 놈이 끝내 우리 일을 제 일처럼 착실히 봐 줄라구-"

하면서 언제나 안댁과 더부러 남의 식구처럼 경계하였다.

고추밭에 똥거름을 내려보내고 나서는 의례 더부사리 예순이가 아니면 심세 열심히 복습을 하고 있는 막내아들 영옥이를 재촉해서 그여히 먼빛으로라도 그 뒤를 딸케하여 남의 밭이나 남의 소망이 아닌 우리 집 밭뚝에 지게를 부리드라는 말을 듣고야 맘을 놓았다.

김심 맬 때나 벼 가슬을 할 때나 낮참을 손소 응으로 저날르는 배센이지만 우아랫 논 들나온 사람들이나 혹은 지나는 길손이란 서로 정답게 허물없이 노나먹을 수 있는 점심밥을 제 맘대로 못하는 처지였다. 아니 피땀 흘려 농사지은 일을 생각하면 한술의 밥이라도 남에게 거저주기가 정 아까웁다는 주인 김초시의 입버릇처럼 하는 말이기 때문에 콩알 하나를 제 맘대로 못하는 배센이다.

그러나 배센은 주인의 이러한 사람됨을 번히 알면서도 그저 등신처럼 주인이 시키는 일이면 무슨 일이든디 쓴네 다네 말없이 밤을 낮삼아 뼈가 못도록 일은 해나오는 터이다.

올 농사도 벌써 초벌 맬 때 부터 모는 깜앟게 거름 맛을 보아 한때 비바람이 연 사흘을 두고 내리 퍼부었으나 다른 논에는 온통 모가 물에 뜨고 허리가 잘러지고 야단법석을 냈지만 어느 바람이냐는 듯이 잘 자랐다.

몇 포기는 여름 땡볕에 한주름씩 쏴아 퍼붇는 쏘네기로 그냥 눈에 뵈듯이 무럭무럭 자랐다.

초가을 들어 길차게 자란 포기 포기에 벼이삭이 나오고 보니 머슴 배센이 들어서도 어깨가 안보일지경이였다.

그 후 익어가는 벼 이삭이 고개를 숙으릴 무렵 배센은 어느 날과 다름없 혼자 피를 뽑으려 논에 나온 일이 있었다. 고된 일이건 수월스러운 일이든 간에 말벗도 없이 단혼자서 일을 하기란 정 숭겁지 짝이 없는 것이었다.

배센은 싸가지고 온 점심밥을 먹는 둥 마는 둥 그냥 논뚝에 쓸어진 체 실어져라 낮잠이 들었던 모양이다.

얼마나 지났든지 배센은

"아이 따거!"

소리를 치고 벌떡 일어나 아랫도리를 긁적거리기 시작하였다. 뱀에라도 물린 줄 알았더니 주인이 머슴을 보내놓고 마음이 놓이지 안해서 슬금 슬금 일삼아서 논에 나와봤던것이다.

"그렇다니까 저 위인이 그저 낮잠이 쟁기지 제가 무슨놈엣 착실을 낸담 …… 쯧쯧 ……"

그렇게 혀를 체면서 들이 떠나갈듯이 달게 코를 골며 자는 배센의 허벅다리를 뱀이 문 것보다도 더 밉살스럽게 꼬집었던 것이다.

선잠깬 배센은 멍하니 주인을 쳐다보고 있는데 주인은 무엇을 생각했든지 버선을 벋고 바지가랭이를 걷어 올리드니 논으로 그냥 들어가서 피를 뽑기 시작하는 것이다.

낮잠을 자는 머슴에게 배체라고 하는 억짓 일이였다. 주인은 암말도 없이 얼굴이 뾰루퉁 해 가지고 피만 뽑았다. 이것을 본 배센은 또 배센대로 그 모양이 우숩기도 하고 미안스럽기도 하여 눈을 부비는 둥 마는 둥 불이야 논에 들어서면서

"주인양반 어서 들어가시지라우 …… 지가 끝내고 가겠어유 …… 이거 잘 허면 한나절에 다 헤치우지라우 ……"

그러나 주인은 빈정거리는 말시로

"허 또 잠이나 잘 작정인가?"

소리를 퉁명스럽게 내지를 뿐 의연히 일을 재촉하였다. 그러고 얼마가 지났다. 그런데 웬일인지

"아이쿠쿠 ……"

소리가 아랫논 베미께서 들리드니 주인이 두 손을 허공에 쳐들고 질겁을 하며 소리를 치기 시작하여는 것이다.

"……"

주인은 멋모르고 아랫논 수렁베미에 빠진것이다.

왼발을 뺄랴고 바른발을 버티고 보면 그만큼 몸을 더 빠져 들어갔다. 바른 다리를 빼낼랴고 버티면 또 그만큼 왼다리까지 더 깊이 빠져 들어가고 보니 몸부림치면 칠수록 몸은 수렁 속에서 돛에친 쥐색기처럼 배비작

거릴 뿐이다. 그러드니 이내 꼼짝을 못하였다.

아마 배꼽까지 빠져들어 갔는지 머리도 안보혔다. 배센은 불이야 주인에게로 달려갔다.

언감생심 언제라고 주인의 옷소매한번 붙잡아 본 일이 없는 머슴 배센이 이날은 그저 소고삐를 끌듯이 바지고름을 휘어잡고 영차! 소리를 지르며 끌어내다가 나중에는 멱살을 우여 쥐고 그냥 도적놈 모가지 걸어 잡아내듯 질질 끌어내었다.

빠진 주인보다도 빼내는 머슴 배센의 이마에서 진땀이 흘렀다. 가까스로 주인을 구해 내놓고 보니 주인도 머슴도 똑같이 온몸에 뻘투성이다.

누가 머슴인지 주인인지 분간을 할 수 없을 지경이다.

'……허 아무나 하는 일인 줄 알았든가베……'

배센은 혼자 속으로 코웃음을 치며 그러나 측은한 얼굴로 주인을 바라보았다.

주인은 그만 가쁜 숨을 쌔근쌔근 쉬면서 아무에게나 푸리할 데 없는 화를 혼자 내느라고 돼지주둥이처럼 입술을 뚸뚸 해가지고 쯧쯧 입맛만 다셨다.

이날 주인 김초시는 어숨 배센과 더부러 맥 없이 집으로 돌아올 수밖에 없었다.

"참 내온 혹 떼러갔다가 혹 붙어 가지고 오는 셈이어……"

이 말은 주인이 혼자 중얼거린 소리였다.

배센도 속으로 그런 생각을 하면서 세금팔에 베어 피가 삐쭉거리는 주인의 장단지깨를 내려다보며 대문을 들어섰던 것이다.

이런 일이 있은 몇일 후 벼가실이 시작되었다. 열 마지기 수렁논은 일꾼 열 사람이 하루꼬박 낫질을 하였다. 일꾼들은 벼의 축축한 아랫도리를 남쪽을 향해서 온 논에 보기 좋게 깔아놓았다.

개는 개대로 친 논이지만 원체 습한 논 베미들이라 배수(排水)가 좋지 못하다. 산들산들 바람치는 가을볕이지만 베어 일주일 이상을 말려야 하였다.

일헤째 되는 날이다. 주인은 몸소 논뚝에 나와 서서 뭇을 짓는 감독을 하였다. 장정 세 사람에 그 뒷치닥거리를 하는 배센까지 네 사람이 하루 네 뭇을 짓느라고 싸아한 가을바람에도 팥죽 같은 땀을 뻘뻘 흘렸다.

이제 묵신한 볏뭇은 하루밤만 더 한데 잠을 자야 집으로 옮겨 들어가는 판이다.

일꾼들은 볏뭇을 논뚝에 가리쳐 놓기 시작 하였다. 네 뭇 위에 세 뭇을 놓고 그 위에 두 뭇과 맨 위에 한 뭇을 올려놓면 한 가리 곧 한 짐인 열 뭇이다.

사방이 어둑어둑 땅거미가 지슬 때에야 뭇가리는 끝이 났다.

주인은 논뚝에 지어놓은 볏가리를 두 번 세 번 자세히 헤어보았다. 일백 아흔여섯 가리 닷 뭇이다.

볏포기가 굵어 볏뭇도 작년보다 크기도 크거니와 집수로 엿 짐 두 뭇에 더 는 셈이다. 석 짐을 훑아서 한 섬의 벼알이 난다 하드라도 이뭇가리로 따져서 벌써 두 섬마드리의 수확이 느는 셈이다.

주인은 두 눈을 끄먹끄먹 그렇게 속셈을 채보면서 빙그레 입가에 만족한 웃음을 짓고 돌아섰다.

"……여 배서방 암만해도 자네 오늘밤 고생을 좀 해야겠네 …… 우리 것뿐만 아니라 다른 논에서도 상직들을 하니까 밤에 춥거든 불이라도 피우고 뜬눈으로 날을 좀 세워야겠네. …… 어 …… 지키는 놈 백이라도 도적놈 하나안테 못해보는 거여 조심하게…… 어 ……"

"네 ……"

"거 여름네 자네 고생한 일을 생각하면 나락 한 뭇이라도 도적 마지면 쓰겠는가 응……"

주인은 머슴에게 똑같은 말을 몇 차례고 다져 부탁하였다. 그리고도 못 잊히는지 뒤를 연성 돌아보며 헤인 볏가리를 다시 헤어보고는 일꾼들과 함께 돌아갔다.

으스스 가을저녁 바람은 더욱 쌀쌀하게 불기 시작하였다.

배센은 밥바구리를 열었다.

빨간 고초에 버무른 새우젓과 된장에 박은 오이쪽을 반찬으로 찬밥을 냉수에 말아 저녁끼니를 때우고 나니 등골에서 오싹 찬물을 끼얹은 것처럼 떨렸다.

먼빛으로 희여금 들나왔다. 돌아가는 사람들의 그림자가 장둑길을 지나간다. 건넌 마을에서는 아이들을 부르는 소리가 들려오고 뒷산소나무 숲속에서는 끙끙! 푸두득! 꿩의 나래소리가 들려온다.

배센은 담배를 한 대 고소라니 피우고나서 논뚝에다가 볏단으로 하루밤을 은신할 수 있는 집을 짓기 시작하였다.

두리두리 볏단을 허리깨나 되게 쌓올리고 그 속에다 몇 뭇을 깔았다. 그리고 들어앉어보니 방속처럼 한결 안윽하다. 불피우고 뭣하고 하느니보다도 하루밤쯤 이렇게 바람을 막고 꾹 참는 것이 상책일가 싶었다.

'한잠씩 자다가는 일어나서 휘휘 둘러보면 그만일레지 ……'

그런 생각을 하면서 볏단 속에 몸을 웅크리고 앉았다.

'허 이밤중에 어떤 놈이 남의 것을 훔쳐갈랴구 ……'

그런 생각을 하고보니 도적을 지킨답시고 궁상맞게 쭈구리고 앉았는 것이 어쩐지 실 없은 일 같기도 하고 도시 멋탱이가 없을뿐더러 헷수고 같았다.

이따금 휘이 부는 찬바람에 오싹 한기가 들면 말리이역에나 온양 그지없이 쓸쓸하고 서글픈 생각이 들었다.

하늘에는 별만 아롱거리는가 하였드니 섯녘하늘에 오른 초여드레달이 고나무 가지에 걸려있다.

가리쳐 놓은 볏짐이 어둠 속에서 차츰 부피져 올라 보였다. 먼빛으로도 헤일 수 있을 만큼 사방이 희끄무레하여오니까 어쩐지 더 무시무시해졌다. 그러나 그럴수록 배센은 흥글노래를 부를 재미도 없이 잠잖고 움크리고만 앉았을 뿐이다. 한참을 그리고 앉았으니까 자신이 어디서 무엇을 하고 있는가도 잊을만큼 정신이 오락가락 하여지드니 이내 깜박 조름이 와서 배센은 그대로 고개를 떨어뜨리고 드르렁 코를 골기 시작하였다.

먼데서 반짝하고 상직하는 불빛이 아련하게 비쳐왔다.

이때다.

장둑 넘어부터 희여금 사람의 그림자가 바름바름 이켠으로 옮겨오고 있는 것이다. 그러드니 논뚝 아래께 와서는 한식경을 죽은 듯이 움직이지 않았다. 동정을 살피는지 그대로 한참을 서있는 모양이드니 그림자는 달빛에 보아도 역력히 가재걸음을 치면서 볏가리 뒤쪽으로 돌아가는 것이다.

그러나 머슴 배센은 세상모르고 드르렁 드르렁 코만 골고 있다. 얼마가 지났다. 그러드니 잠자던 배센은

“아이 떠거!”

소리를 치며 무릎사이를 긁적거리며 눈을 번쩍 떴다. 눈앞이 캄캄하고 아랫도리에 맥이 없다. 아랫도리를 무엇이 물었는지 따거운 자리를 만저보니 팥알만큼 부르터 올랐다.

배센은 아랫도리를 사정없이 긁적거리면서 깜빡 조으는 판인데 어디서인지 파스슥 소리가 난다. 그래서 다시 눈을 번쩍 떴다.

‘무슨 소릴까?’

자세히 귀를 기우리고 들어보니 문명 몃뭇이 스치는 파스슥 소리가 가차웁게 들리는 것이다.

가슴이 울렁거리기 시작하였다. 우정마음을 다부지게 먹고 고개를 기웃이 소리 나는 쪽을 바라보았다.

아무것도 없다.

‘괸한 생각.’

그렇게 여기면서도

"거 누구?"

소리를 한번 질러보았다.

역시 아무소리가 없다. 그러나 그 다음 순간 푸드슥 벼이삭을 스치는 소리가 또 분명히 들려오는 것이다.

배센은 이야말로 이만저만한일이 아닐상 싶었다.

가슴이 점점 두근거려왔으나 "흐-" 길게 한 번 도리키고 나서 옆에 꽂아놓은 작대개를 슬그머니 오과쥐고는 벌떡 일어나면서

"거 어떤 놈이냐?"

소리를 벼락같이 지르고 냅다 그 쪽으로 뛰어갈 자세를 취했다. 아니랄까 너댓칸 건너 볏가리 뒤에서 희끗 사람의 그림자가 불쑥 일어나는 것을 본 배센은 아뿔사! 하였으나

"저 도적놈 잡아라!"

고함을 치며 작대기를 휘두르고 쫓기 시작하였다.

그러자 그 그림자는 주춤 뒤로 물러스면서

"어 …… 나야 …… 나 ……"

소리를 하는 둥 마는 둥 위급을 면치 못하였든지 다시 뒤로 물러서는 것이다.

배센은 그 소리를 미처 듣지를 못했든지

"저놈 잡아라!"

그만 성난 사자처럼 한 대 냅다 갈길 기세로 뒤를 쫓는 참인데 웬일인지 도적놈은

"아이구 ……"

하고 비명을 치며 오도 가도 못하고 만다.

논 귀를 헷닫었는지 정 급해서 그랬는지 논뚝의 볏가리를 피해 뒤로 물러설랴고 논으로 들어섰다가 그만 수렁 속에 빠진 것이다.

"옳다 이놈!"

머슴 배센은 그 속에서 배비작거리는 고 도적놈의

"여 배성방 …… 나 ……"

소리가 떨어지기 전에 벌써 들었던 작대기로 보기 좋게 녀석의 대가리를 납죽하게 후려 갈겼다.

"아이쿠!"

배센은 다시 한 번 후려칠 생각으로 작대기를 쳐들면서

"이놈!"

소리를 칠판인데

"배서방 나야 나!"

하면서 도적은 두 손을 모아 사정을 하는 것이다.

"……"

머슴은 웬놈인가 하였다.

두 눈을 똑바로 뜨고 자기 이름을 부르며 사정하는 도적놈을 자세히 굽어다 보니 이게 웬일일까 어더맞은 대가리를 싸쥐고 온몸을 꼼작 못하며 수렁 속에 백여있는 위인이 바로 다른 사람이 아닌 바로 주인양반 아닌가.

으스름 달빛아래 주인은 씨근씨근 가쁘게 숨을 내쉬며 말을 못하고 있는 것이다.

주인 김초시는 머슴 배센에게 도적놈을 지키도록 당부하고 집에 돌아온 다음 아무레도 머슴의 소행을 믿지 못했는지 도적놈 지키는 놈을 또 몰리 지키러 나온 참이었다. (完)

정 태 병 전 집

/부록/

자료집 및 해설

동화작가 정태병의 생애와 작품*

이동순

1. 일제하 영광의 민족운동과 정태병

광주전남 지역의 문학은 한 가지로 설명할 수 없는 다양하고 다채로운 모습을 띠고 있다. 특히 아동문학사는 광주전남 지역 작가의 문학사적 탐색에 허점을 노정함으로써 문학사에서는 소외되어 왔다. 일제치하 서울의 변방이었지만 그럼에도 불구하고 '호남의 이상향'이라 불리며 민족운동이 가열차게 진행된 고장이 영광이었다. 영광은 백제불교의 도래지이며 바다와 염전과 굴비로 시장이 활성화되어 경제적으로 부유했다. 덕분에 일본과 서울로 유학을 떠난 학생들이 많았으며, 유학생들은 방학이면 귀향하여 야학을 열고 문예와 연극과 음악과 체육을 지도하면서 문맹퇴치에 앞장섰고 민족의식을 키워내기에 바빴다. 영광은 철저하게 민족의식으로 무장한 지역이었다.

영광은 많은 작가들의 고향이다. 시인 조운, 조남령, 수필가 조희관도 영광출신의 작가들이다. 이들은 일제가 치안유지법위반 등으로 항

* 이 글은 「동화작가 정태병의 문학적 생애」(『한국언어문학』, 한국언어문학학회, 2014)와 「정태병 동화 연구」(『한국아동문학연구』, 한국아동문학학회, 2014)의 내용을 토대로 재구성한 것이며 일부 수정 보완하였다.

일 민족운동가들을 '영광공산당사건'을 조작한 일명 '영광체육단사건'으로 옥고를 치르거나 재판을 받았다. 일제치하에 순응하는 삶을 거부했던 이들은 '호남의 이상향'에 살만한 자격이 있었다. 여기에 그동안 호명된 적 없는 한 사람이 더 있다. 그는 동화작가 정태병이다.

동화작가 정태병에 대해서는 아직까지 호명된 적이 없다. 광주전남 지역작가들의 업적을 정리하고 있는 『광주전남 문학인 인명사전』[1]과 『전남문학변천사』,[2] 그리고 『광주전남문학통사』[3]에도 정태병에 대한 기록은 없다. 정태병에 관한 연구의 부재와 아동문학사에서 누락된 요인은 젊은 나이에 월북했기 때문으로 판단된다. 다만 정종[4]은 『고향의 시인들과 시인들의 고향』[5]에 「우정 정태병과 한편의 시」라는 짧은 내용과 『내가 사랑한 나의 삶』[6]에 파편적으로 언급하고 있다. 그것도 정종과 있었던 일화들이다. 정태병은 동화작가로 등단하였지만 동화작가로만 머문 것이 아니었기 때문에 그의 문학적 행로는 다양한 각도로 조명할 필요가 있다. 정태병의 작가로서의 삶 이전의 행적은 정종의 기록과 연구자가 만난 정태병의 장녀인 정홍(鄭弘)의 회고, 작가로서의 삶은 본 연구자가 그동안 수집한 자료들을 토대로 정리하였다.[7]

---

1 박형철, 『광주전남 문학인 인명사전』, 한림, 2003.

2 전남문학백년사업추진위원회, 『全南文學變遷史』, 한림, 1997.

3 한국지역문학인협회, 『光州全南文學通史』, 현대문예, 2013.

4 정종(鄭從, 1915~)은 전남 영광군 영광읍 도동리 출신으로 서울 배제고보와 중앙불전과 일본 동양대학을 졸업하고 전남대와 동국대, 원광대에서 교수로 재직하였으며, 영광의 민족운동가들의 행적에 대해 누구보다도 잘 알고 있다. 정종은 정태병의 1살 많은 사촌형으로 형제지간을 떠나 진한 우정을 나눈 사이였다. 정종의 부친은 정동희로 정태병의 부친 정동안의 바로 아래 동생이다. (제적등본 확인)

5 정종, 『故鄕의 詩人들과 詩人들의 故鄕』, 동남풍, 1995.

6 정종, 『내가 사랑한 나의 삶』, 동남풍, 1999.

7 정태병의 장녀 정홍(鄭紅)을 만난 것은 2014년 2월 3일이다. 그 자리에서 정태병의 사진과 제적등본을 확인하였다. 그동안 모은 자료들을 보여주었더니 그동안의 쌓인 슬픔에 장녀인 정홍은 내내 눈물을 흘렸다. 만나기 전에 이미 정홍과 정홍의 남편인 차명식(정태병의 사위)과 몇 차례의 통화를 하였는데 그때도 눈물을 흘렸다. 월북자의 자녀라는 낙인과 연좌제 탓

정태병에게 문학적 생애를 해명하기 위하여 가장 먼저 살펴야 할 것은 그가 태어나고 자란 전남 영광군의 문화적 배경이다. 영광은 일제치하에서 전개하였던 항일민족운동사에서 빼놓을 수 없는 공간이었다. 따라서 정태병에게 영광은 단순하게 고향이라는 이름으로 정리될 수 있는 공간이 아니다. 그도 영광의 문화적 세례를 받은 사람이었고 민족운동에 참여하였기 때문이다.

정태병(鄭泰炳, 1916.8.15~?)은 1916년 8월 15일 전라남도 영광군 영광면 백학리 39번지에서 태어났다. 그의 호는 우정(友汀)이다. 정태병은 정동안(鄭東安)과 김안(金安) 사이에 장남으로 태어났다. 정태병은 영광보통학교를 졸업하였으며 부친 정동안이 일찍 사망함에 따라 상급학교에 진학할 수도, 유학을 갈 수도 없는 형편이었다. 그것을 안타깝게 여긴 숙부 정동희가 정태병을 영광공립보습학교에 진학시켰으며 1930년 2월 영광공립보습학교(현 영광중학교)를 2회로 졸업하였다.[8] 영광공립보습학교를 졸업한 후 그는 영광에서 '풀잎사'라는 서점을 경영하였다.[9]

정태병의 숙부인 정동은(鄭東殷, 1898~1965)은 조선식량영단 영광출장소 소장이었다. 정동은은 시인 조운이 '영광체육단사건'으로 구속되었다가 출감한 후 조선식량영단에 근무할 수 있게 한 인물이다. 정태병의 숙부들은 영광지역의 유지들로 그를 적극적으로 도왔다. 항일민족운동이 활발하게 전개되던 영광에는 '영광체육회'가 있었다. '영광체육회'는 많은 종목의 전국대회들을 개최하였고 많은 사람들이 영광으로 모여들게 하였다. 이를 예의주시하던 일경은 영광에서 하나의 사건을 조

에 마음고생이 심했다는 지난날이 떠오르는 듯 했다. 초등학교 1학년 때 헤어진 아버지 정태병에 대한 그리움은 말로 다할 수 없음이 느껴졌다. 서울의 집은 용산 미군부대 근처였고 적산가옥으로 2층집이었다고 상세하게 기억하고 있었으며 전쟁이 끝난 후에는 무서워서 아무도 올라가지 않아 누군가가 그 집을 차지했을 것이라고도 하였다.

8 정종, 『내가 사랑한 나의 삶』, 동남풍, 1999.

9 정홍이 기억하고 있는 서점의 이름이 '풀잎사'다. 영광의 어른들도 '풀잎사'를 기억하고 있었다.

작하였다. 그것이 영광공산당사건, 일명 '영광체육단사건'이다. 그 사건의 주동자로 시인 조운과 조운의 매형인 위계후가 지목되었고 영광의 젊은 청년들과 지식인들이 대거 연행되었다.

> 작년 팔월경 전남영광군내 모종의 비밀결사사건을 탐지한 영광서에서는 그 비밀리에 활동을 개시하야 모모청년을 대량적으로 검거한 후 이래 구 개월 동안이나 엄중한 취조를 하여오든바 지난달 오일 목포지청검사국 궁정사상검사가 영광서에 출장취조로 일단락을 마친 전기사건은 지난 오일 공범 일백삼십일 명중 주범 조주현(39) 외 이십삼 명만 일건 서류와 함께 목포지청 검사분국으로 송치되엿다는 바 죄명은 치안유지법위반 내란죄 폭력향위 등 취체에 관한법률위반 보안법위반 육군형법위반 등 죄명으로 기소되였다하며 피의자들은 조주현 위계후를 지도자로하야 동지를 규합하는 동시에 주의선전에 암약하든사건으로서 구 개월 동안 취조서류만 일만 육천 페지에 달하고 증거서류는 석유궤으로 육 개나 되는 근래에 보기 드문 대사상사건이라하야 세인의 주목을 이끌고 잇다.[10]

피의자 신분이 된 시인 조운과 위계후를 비롯한 23명은 9개월간의 취조를 거친 검찰에 송치되었다. 정태병도 그 중의 한명이었다. 그 때 정태병의 나이는 23살이었다.[11] 몇 달간의 구류를 살았으나 치안유지법위반의 혐의 없음으로 1938년 5월 16일 석방되어[12] 다시 서점 '풀잎사'를 운영하면서 많은 어린이 잡지들을 탐독하면서 작품을 동요와 동화를 습작하는데 열을 올렸다.

---

10 『동아일보』, 1938.5.8.
11 『동아일보』, 1938.5.8.
12 「광주지방법원 목포지청 판결문」, 1938.5.16 참조.

당시 영광에는 한글회, 문예회, 추인회, 영광청년동맹, 영광청년동맹 각 지부, 영광소년동맹, 영광청년가극회, 영광산업조합, 영광농조, 영광 토우회, 향가회, 시조회, 영광여성위원회, 영광기독청년회, 과학연구회, 운동구락부 등 수많은 단체들이 있었다. 이들의 활동은 역동적이었고 실천적이었으며 민족적인 것이었다. 이 단체들의 활동을 일일이 거명할 순 없지만 이런 단체들의 활동은 영광의 어린이와 청년들에게, 그리고 지역민들에게 지대한 영향을 미쳤다. 시인 조운과 소설가 박화성, 시인 조남령과 수필가요 한글학자인 조희관, 철학자 이을호와 철학자 정종 등이 한 세대를 형성하였던 1920년대와 1930년대는 항일민족운동 뿐만 아니라 영광문학의 전성기였다.

그런 문화적인 분위기의 수혜 속에서 자란 정태병은 1939년 『매일신보』 신춘문예 현상공모에 1등으로 당선되었고 이후 여러 편의 동화를 발표하였다. 이에 정태병은 공식적인 등단의 절차를 밟은 광주전남 최초의 동화작가로서의 위상을 갖는다. 그는 영광학원의 교사였던 박태엽의 딸인 박세보(朴世輔)와 1941년 결혼하였으며 1남 2녀를 두었다.[13] 결혼을 즈음하여 정태병은 영광읍사무소의 서기로 근무하였는데 그때 "전시하 최전선의 공무원 직분으로는 어찌 하지도 못하는 시대적 조건"[14]을 반영한 시 「추풍부」를 썼다.

들菊花 피인 언덕 송아지 울음 소리
굼물결 十里벌에 쫓기는 참새떼들

---

13 장녀 정홍에 의하면 정태병의 부인 박세보는 영광으로 피난을 내려온 후 다시 서울로 올라가지 않고 정착하였다. 박세보는 정보원들의 괴롭힘에 정태병과 관련한 모든 자료는 불태워 없애버렸다고 한다. 정태병의 장녀 정홍(鄭紅)은 광주에, 차녀 정련(鄭姸)은 익산에 거주하고 있으며 장남인 정달(鄭달)은 젊은 나이에 사망하였다.

14 정종, 「우정 정태병과 한편의 시」, 『내가 사랑한 나의 삶』, 동남풍, 1999, 205면.

아~ 아~ 아~ 가을 바람
夕陽은 재를 넘고 마을에 연기나네.

물동이 이고 가는 삼태밭 오솔길에
꼴배는 저 목동아 무엇을 생각느뇨?
아~ 아~ 아~ 가을 바람
구름은 재를 넘고 내마음 천里라네.

갈대핀 시냇길은 옛날이 그리운 길
풀벌레 내가슴에 찬이슬 적시우네.
아~ 아~ 아~ 가을 바람
저달은 돋다오고 기러기 울어예네.

—「추풍부」 전문[15]

그는 생계를 책임져야 하는 장남이었기 때문에 어쩔 수 없이 영광읍 사무소에서 일을 하긴 했지만 항일 민족운동의 문화적 세례를 받은 자로서, 그리고 참여자로서 민족정신까지 내놓고 부역할 수 없었다. 그래서 "상징적 · 은유적 · 묵시적인 표현을 빌"려 영광 사람들의 "고향의 노래", "학병으로 징용으로 끌려가는 젊은이들의 괴로운 심정을 달래주는 데도 크게 이바지한"[16] 「추풍부」로 대신하였다. 정태병의 친구인 조응환[17]곡을 붙이면서 암담한 시대를 넘기게 한 "혈맹가"[18]로 영광의 항일민족정신을 이었다.

---

15 위의 글, 203면.
16 위의 글, 203면.
17 이 시는 노래가 되어 영광사람들의 입을 통해 지금도 불리고 있다.
18 정종, 앞의 글, 203면.

정태병은 광복 1년 후인 1946년 4월 광주의 호남신문사에서 지방부장으로 발령을 받아 근무하였다.[19] 호남신문사는 "종전의 편집체제에 매 일요일마다 따로 발행했던 어린이나라를 4면에 붙여 내보냈"[20]는데 누구보다 어린이에 관심이 많았던 동화작가 정태병의 의중이 반영되었을 것으로 추정된다. 당시의 호남신문사의 사장은 노산 이은상이었다. 호남신문사는 1946년 6월부터 광복 1주년을 뜻 깊게 맞이하기 위한 6대 사업을 실시하였는데 "첫째 새로운 자형의 활자를 만들고, 둘째 해방동이 어린이를 표창하고, 셋째 남선축구대회를 개최하는 한편 넷째 조선문화강연회를 갖고, 다섯째 장편소설을 연재하며, 여섯째 독자위안의 연예공연을 실시한다"[21]는 기획으로 실현에 주력하여 지방언론사로서의 위치를 확고히 하고 있었다. 그런데 호남신문사는 1946년 8월 18일 "군정법령을 위반했다는 이유로 2개월간의 정기정간 처분"을 받아 "해방 후 지방언론사가 처음으로 겪은 필화사건"[22]을 겪었다. 정태병도 편집국의 지방부장이었으니 "편집국원이 연행되어 곤욕"[23]을 치러야 했다. 『호남신문』이 정간 조치에서 풀린 1946년 10월과 그리고 새로운 편집진이 꾸려진 1947년 4월의 인사명부에 정태병이 없는 것으로 보아 필화사건을 계기로 서울로 이주한 것으로 보인다.

정태병의 장녀 정홍에 의하면 용산의 미군부대 근처에 있는 일본식으로 지어진 2층집에 거주하였다. 서울에서도 신문사에 근무하였다고 하나 언론인 명부에서는 확인되지 않고 문학단체에서 활동한 부분이 확인된다. 정태병은 소년운동자 제2차 간담회에서 '조선소년운동의 금

19 광주언론인동우회, 『광주전남언론사』, 삼화문화사, 1991, 160~162면.
20 위의 책, 160면.
21 위의 책, 161면.
22 위의 책, 161면.
23 위의 책, 161면.

후 전개와 지도 단체조직' 및 '어린이날' 준비 등을 논의하는 자리에서 조선 소년지도자협의 조직준비위원으로 선정되었다.[24] 그리고 조선문학가동맹 아동문학분과 위원으로 활동하였다. 문학가동맹 전남지부가 창립될 때 조선문학가동맹의 대표성을 띠고 광주에 내려오기도 하였다.[25] 그리고 소년소녀 잡지였던 『새동무』의 동화 집필진으로 활동하였고,[26] 『아동문화』 창간호에 「아동문화운동(兒童文化運動)의 새로운 전망(展望)」[27]이라는 글을 발표하기도 하였다. 그 후 한국전쟁이 발발하였고 정태병은 전쟁 상황을 살피러 나갔다가 돌아오지 않았다. 그 때 북한에서 종군작가단으로 내려온 고향의 선배 시인 조운과 함께 월북한 것으로 추정된다. 정태병과 막역하였던 철학자 정종은 그를 두고 다음과 같은 글을 쓰고 있다.

> 쉼터에 앉아 70여 년 전의 추억들을 떨쳐버리고 오르기 시작하면 문득문득 「추풍부」의 정태병 동생 생각이 간절하다. 지금의 이 길에 혼자가 아니고 분명 둘이였을 것이고 천하 모두가 아니더라도, 나의 삶은 복이 넘치는 삶이 되었을 것이다. 나의 지난 반세기는 그를 그리워하다 지친 반세기였다. 그가 만약 고향에 살아 있었다면 나는 더 빨리 귀향했을 것이다. 그래서 나의 삶은 더욱 살찌고 더더욱 영글었을 것이다. 그는 또 북에서 얼마나 그리워하고 고향의 산하들을 꿈에서나마 얼마나 자주자주 보았을 것이다. 「추풍부」의 배경이 된 영광의 농촌풍경을 꿈에선들 어찌 안 보았을까? 비단 가을이 아니더라도 일 년 열두 달 「추풍부」를 또 얼마나 목 놓아 불렀을까? 그것도 혼자 몰래몰래 말이다.[28]

24 『동아일보』, 1947.2.14.
25 『자유신문』, 1947.3.2.
26 이재철, 『한국현대아동문학사』, 일지사, 1978, 354면.
27 정태병, 「兒童文化運動의 새로운 展望」, 『兒童文化』 창간호, 1948.11.10.

철학자 정종이 정태병의 월북을 두고 '나의 지난 반세기는 그를 그리워하다 지친 반세기'였다고 할 만큼 그의 부재는 큰 것이었다. 정태병도 '북에서 얼마나 그리워하고 고향의 산하들을 꿈에서나마 얼마나 자주자주 보았'을 것이라는 안타까움의 토로에는 분단의 비극이 가져다 준 상처가 깊다. 그러나 영광의 노래라고 이름 붙은 시 「추풍부」가 불리는 것은 그의 월북과 상관없이 영광사람들의 항일민족운동에 대한 자부심의 표현이다.

2. 정태병의 동심과 동화

> 우정은 일제 말기 그러니까 한글이 말살되고 문학이 숨을 죽이고 있을 때에도 그 정열과 중단을 모르는 그 성향도 가편(加鞭)하여, 일어를 빌어서나마, 동요를 짓고 동화를 쓰곤 했다. 물론 뾰족한 발표 기관이나 기회가 있는 것도 아니건만, 단지 창작활동을 멈추지 않으려는 일념에서였을 뿐이라서, 완성된 작품을 으레 나에게 보여주곤 했다. 그때마다 아우의 文才가 발군적임과 시적 구성력의 출중함이 내가 감히 따르지 못할 것을 확인하곤 했다.[29]

철학자 정종에 의하면 정태병은 일제치하에서 '한글이 말살되고 문학이 숨을 죽이고 있을 때'도 '일어'로 동요와 동화를 썼다. 작품을 발표할 '뾰족한 발표 기관이나 기회'가 없었지만 '창작활동을 멈추지 않으려는 일념'에 완성된 작품을 보여주기도 하였다는 것이다. 그가 동심에

28 정종, 『내가 사랑한 나의 삶』, 동남풍, 1999, 107~108면.
29 정종, 「우정 정태병과 한편의 시」, 위의 책, 203면.

관심을 기울이게 된 것은 '풀잎사'라는 서점을 운영하면서 어린이 잡지를 섭렵한 것이었다. 정종의 회고처럼 정태병이 작품을 발표할 곳이 없어 습작으로 끝나지 않았다. 정태병은 1939년 1월 『매일신보』 신춘현상공모에 동화 「일남이의 그림」이 당선되었기 때문이다. 신춘현상공모에서 1등으로 당선된 「일남이의 그림」은 총 4회 (1939.1.15~19)에 걸쳐 『매일신보』에 연재되었다.

동화 「일남이의 그림」은 그의 동화 전체를 관통하고 있어서 그의 동화연구의 출발점이자 귀착점이 되는 작품이다. 그가 동심 가득한 눈으로 바라본 세상은 약자들에 대한 무시가 아닌 그들을 존중하는 것에 있었음이 드러나는 대표작이기 때문이다. 그는 등단한 해인 1939년에만 동화 6편을 발표하였다. 발표한 곳이 모두 『매일신보』다. 굳이 『매일신보』에만 작품을 발표한 것은 일제의 기관지를 전유하고자 한 의도였을 것으로 보인다. 동화 「약속」, 「동무와 우산」, 「물방구」, 「귀뚜라미」, 「조각달」, 「심부름 가는 길」은 친구들과 함께 하는 동심만이 있다. 그의 동화는 동심천사주의도 아니고, 계급적인 것도 아닌 즉 조선 어린이들의 목소리로 그들만의 이야기하고 있다는 점에도 다른 동화와는 다른 지점에 있다. 이후 그는 「어름과자」, 「회람반」을 더 발표하였다.

동심에 바탕한 동화작가로 이름을 알린 그가 동심의 영역을 확장한 것은 동요였다. 정태병이 '동요'를 썼다는 정종의 회고처럼 그는 동요에도 관심이 많았다. 그는 동요를 일문으로 번역하여 『매일신보』에 연재하였다. 그가 번역한 동요는 방정환의 동요 〈형제별〉,[30] 서덕출의 〈봄편지〉,[31] 김소월의 〈엄마야 · 누나야〉,[32] 김석영의 〈아기의 꿈〉,[33] 조남

---

30 『매일신보』, 1943.12.16.
31 『매일신보』, 1943.12.20.
32 『매일신보』, 1944.1.20.
33 『매일신보』, 1944.1.24.

령의 〈정다웁지요〉,[34] 목옥순[35]의 〈봄〉,[36] 최병완의 〈별똥〉,[37] 김수향의 〈고향 하늘〉[38]이다. 그의 동요에 대한 관심은 광복 후로도 이어진다.

해방 후 최초로 조선의 동요를 집대성한 『조선동요전집』을 엮은 것이다. 정태병은 민족의 미래를 위하여 어린이들에게 마음껏 부를 수 있는 동요를 모아 민족정신을 바로 세우고자 하였다. 그가 『조선동요전집』을 엮은 것은 어린이들이 일제치하에서 마음껏 부르지 못해 '노래에 주린 어린이'들에게 '아름다운 노래가 있다'는 것과 '문학적인 정서 교육'을 위해서였다. 어린이들을 위해서 할 수 있는 것은 일제 치하에서 상처받은 동심을 회복하게 하는 것이었다. 『조선동요전집』을 엮을 당시 그는 조선어학회의 '한글 맞춤법 통일안'에 맞춰 표기한 것도, 조선어학회의 정열모[39]와 국어문화보급회의 이갑두 등에게 교열을 맡긴 것도 우리말과 동심을 소중히 여기는 마음 때문이었다.

정태병은 애초에 "삼백오십여 편 작가로 백여 분"을 수록하여 『조선동요전집』을 4권으로 나누었고, 따로 전래동요를 한 권에 모아 발간할 예정이었다. 그러나 어떤 연유에서인지 그가 집대성하고자 하였던 『조

34 『매일신보』, 1944.2.21.
35 목옥순은 「자전거」의 작가 목일신의 필명이다.
36 『매일신보』, 1944.2.24.
37 『매일신보』, 1944.2.28.
38 『매일신보』, 1944.2.10.
39 정열모는 조선어학회 주모자로 일본 특무경찰에 치안유지법과 내란죄로 안재홍, 최현배, 이희승, 이극로 등과 검거되어 함흥경찰서 지하 감방에서 혹독한 고문을 담당검사 야오기의 주도하에 조선인 고문기술자 오오하라(주병훈), 야스다(안정욱), 시바다 등으로부터 받고 함흥형무소에 3년간 수감되었다가 해방과 함께 풀려나왔다. 1946년 국학 전문학교 학교장, 한글문화사 대표 및 숙명여대 초대 문과대학장을 역임하고 김규식이 주도하는 민족 자주연맹 서울시 부위원장에 피선되었다. 1950년 한독당 후보로 김천에서 국회의원 선거에 출마하였으나 자유당 경찰의 선거 부정으로 당선되지 못하였고 한글학회 이사를 역임하던 중 6·25한국전쟁으로 납북된 후 김일성대학 국문과 교수, 북한 사회과학원 원장, 조국평화통일 상임위원 등을 역임하며 북한 조선어학의 기초를 이극로, 유열(6·25한국전쟁 중 납북, 김일성대 석좌 교수역임) 등과 같이 다졌다. 1967년 평양에서 서거 후 평양 애국열사능에 안장되었다.

선동요전집』 2권, 3권, 4권과 『전래동요집』은 발간을 보지 못했다. 「머리ㅅ말」의 기록으로 보면 이미 준비가 완료된 상태였던 것으로 보이나 발간이 되지 않은 이유는 아직 확인되지 않는다. 그의 의도대로 조선의 동요와 전래동요를 집대성하여 "새날의 기쁨을 축하하는 기념비적 가치"를 드러내지는 못하였지만 동심에 기여하고자 했던 노력과 뜻만으로도 아동문학사에 기여한 바 크다.

정태병의 글쓰기는 늘 어린이를 향해 있었다. 그것을 보여주는 한 권의 책이 『허생전』이다. 정태병의 『허생전』(김기창 그림)[40]은 "兒童讀物에 잇서서 良心의 問題는 더욱 甚하다 확실히 資本의 競爭으로 化한 이땅 出版 事情으로는 국산 종이에 가난한게 印刷된 책에서 오히려 良心的 인내용을 볼 수 잇는"[41] 책을 쓴 것이다. 거기에다 동화의 지평을 넓혀 '조선창작민화'라는 이름으로 「하인(下人)과 상전(上典)」, 「뿔 달린 말」, 「수녕(水濘)에 빠진 도둑」을 발표하였다. 일종의 소설인데 이 작품들에서도 인물들 간의 갈등을 첨예한 이분법적인 대립구도로 보여주기 보다는 흥미롭게, 그리고 재미있게 희화화하고 있다. 동화에서 출발하였던 그의 글쓰기는 '조선창작민화'에서 빛을 발하고 있다.[42] 이 외에도 정태병은 양미림[43]과 함께 소설 『정글』로 유명한 미국의 작가 압톤·싱클레어의 『연애(戀愛)와 결혼(結婚)』[44]을 공역[45]한 것을 보면 영어실력 또

40 정태병이 쓴 『허생전』은 1947년도에 출판되었을 것으로 추정된다. 또한 김기창이 그림을 그렸다는데서 만화일 가능성도 배제할 수는 없다.

41 마해송, 「片片想」, 『자유신문』, 1948.9.13.

42 '조선창작민화'라고 이름 붙인 이유를 비롯하여 이 세 작품에 대한 평가는 다음으로 미루어 둔다. 장르에 대한 논의도 하다.

43 정종은 『내가 사랑한 나의 삶』에서 양미림이 친척이며 조선방송국에서 근무했다고 하나 동일 인물인지 여부는 아직 확인되지 않았다. 다만 아동문학사에서 양미림이 동화작가였다고 기록하고 있다. 양미림에 관한 것은 다음을 기약하기로 한다.

44 압톤·싱클레어, 정태병·양미림 역, 『戀愛와 結婚』, 문화출판사, 1948.

45 『경향신문』, 1948.10.19.

한 뛰어났음을 말한다. 이처럼 다재다능했던 그의 월북은 남북 분단이 가져온 한국아동문학계의 큰 손실이다.

3. 동심으로 꿈꾼, 차별없는 세상

정태병이 작가 활동을 시작한 그 무렵은 "그 주제가 옛이야기적 상식성과 공식적인 한계성에서 벗어나지는 못했으나 구성면에서는 재래의 줄거리 중심, 사건 중심의 구성에서 벗어나 인물 중심의 본격적인 소설적 구성으로, 평면적 구조에서 입체적 구조로, 일원적 시점에서 다원적 시점으로 옮겨 보려고 노력"하던 시기였고 "문체 면에서도 좀 더 가다듬어진 모습의 문장 형태를 갖추게 되"[46]었던 시기였다. 동화는 "대상의 특수성 때문에 언제나 문학성과 교육성이 균형을 이루지 않으면 안 되는 숙명을 안고 태어난 장르"[47]로 정태병의 동화는 이에 충실한 듯하다. 동화는 어린이를 대상으로 상정하여 기성세대가 쓰기 때문에 어린이의 눈높이에 맞춰 동심을 제대로 표출하지 못한다면 동화작가로서의 자격은 의심받게 마련이다. 그러나 정태병은 동심을 잘 파악하고 있었고 그것을 이야기로 쓸 충분한 능력을 갖춘 작가로서 인정을 받으면서 등장하였다.[48]

동화 「일남이의 그림」은 오석산이라는 이름난 화가가 있다는 소문을 들은 임금님은 '비단평풍'을 하사하여 좋은 그림을 그려 보내라는 명이 내려졌다. 많은 사람들이 부러움과 존경을 받아 부러울 것이 없는

46 이재철, 『한국현대아동문학사』, 일지사, 1978, 310면.
47 최명표, 『한국 현대아동문학 연구』, 청동거울, 2013, 190면.
48 정태병의 「일남이의 그림」은 총 4회 (1939.1.15~19)에 걸쳐 『매일신보』에 연재되었다.

오석산에게도 바보라고 불리는 큰아들 '일남이'는 늘 근심거리였다.

> 일남이는 아버지의 백 가지 가르켜 주는 말에도 겨우 두어 마듸나 귀담어 듯는지 붓을 놀리는 열 가지 법을 일러주면 겨우 한 가지씀 외엇다가 얼마 안가서 그것도 이저버리고 맘니다 그래 그만 바보라고 불르게 될 것이 섭섭해서 아버지석산어른은 늘 걱정걱정이 되었습니다.
>
> 그래 며칠을 두고 그림공부를 시키랴고 애를 썻스나 가르켜 주는 아버지는 기가 맥히도록 일남이의 하는 짓이 바보 짓이엿기 째문에 그만 일남이에게 그림 가르켜 주기를 쑥 끈어버리고 제 겨우 일곱 살인 이남이에게 가르켜 대를 이어주리라 생각해 버렷습니다.

일남이는 "백 가지 가르켜 주는 말에도 겨우 두어 마듸나 귀담어 듯는지 붓을 놀리는 열 가지 법을 일러주면 겨우 한 가지씀 외엇다가 얼마 안가서 그것도 이저버리"는 "바보"였기 때문에 그림을 가르칠 수가 없었다. 그래서 늘 구박을 받았다.

> 이 바보야 바보야 밥만 한 그릇씩 퍼먹고 나무 한 지게 못 해가지고 들어오니 너는 뭣 할태냐 이 바보야 차라리 이놈 나가거라 이 바－보 녀석아!

오석산의 아내, 즉 일남이의 어머니가 일남이에게 한 말이다. 부모의 언어폭력은 어린 일남이가 받았을 마음의 상처가 얼마나 컸을지 짐작하기도 어렵다. 유교적인 집안에서 장남을 대하는 태도가 이쯤이면 세상 속에서 어린이라는 존재를 대하는 태도는 더 말할 나위가 없다. 이런 차별에 화가 난 일남이가 "먹을 훔빽 무처 가지고 날마다 날마다 구불－구불－아무럿케나 그려보는 푸른 강 흘으는 모냥을 비단평풍 웃

머리에 붓끗을 대자 냅다 죽—구부러지게 두어 줄을 그어 버리고 그만 그만 쌩손이를" 치면서 갈등은 더욱 심화되고 절정에 이른다. 그런데 일남이의 '점사'는 반전을 가져온다.

> 붓끗을 댄 곳이나 붓자루를 움지긴 자리나 붓끗을 떼고 난 자죽이나 어느 곳 어느 자리를 가리지 안코 티쓸만큼도 험 업는 이 그림은 임금님보다도 더 노프신 어른에게 보이게 된달 지라도 하나 험 업시 훌융하게 썩 잘된 것이 엿기 때문에 머리를 숙으렷든 석산어른은 길—게 한숨을 도리키고 두 눈에 방울진 눈물을 훔치며 큰아들 바도 일남이를 두리번 두리번 차지섯읍니다.

일남이는 '바보'지만 바보가 아닌 뛰어난 재능의 소유자임을 확인하는 것으로써 어린이가 어른의 부속물이 아닌 존재, 그 자체로 인정받아야 한다는 자명한 사실을 다시 한 번 환기하고 있다. 아버지 석산어른이 '눈물'을 흘리면서 일남이를 찾는 이 장면에서 차별 없는 시선과 작가의식을 확인할 수 있다. 또한 「일남이의 그림」은 '임금님'의 존재와 임금님이 하사한 '비단평풍'이 서사구조에 의미 있게 깔림으로써 정태병의 작가의식의 심층에는 민족의식이 깊게 깔려있음을 알 수 있다. 그런 점에서 이 동화는 정태병의 모든 작품을 관통하는 작품이다. 그는 차별 없는 세상을 꿈꾸었기에 이 동화처럼 다른 동화에도 차별을 조장하거나 억압함으로써 동심을 헤치는 작품이 확인되지 않는다. 그의 동화는 친구들과 사물에 대한 따뜻한 시선과 웃음이 교차하여 "교육성과 환상성은 상충하는 것이 아니라, 당연히 상호 병존"하며 "환상이 동화의 존립조건"[49]임을 보여준다.

동화 「약속」은 그의 두 번째 작품이다. 영님이는 귀녀와 함께 산 넘어 옥순이네 집에 놀러가 '빨간 앵두'와 '살구'와 '붓감자' '연두콩'을 구워 먹으며 실컷 놀기로 약속했으나 끙끙 앓고 있는 어머니와 울고 있는 아기를 모른 척하고 놀러 갈 수 없었다. 영님이를 기다리다 지친 귀녀와 옥순이는 화가 났으나 영님이의 처지를 오히려 측은하게 여기는 이야기이다. 동화 「약속」은 친구들과 약속을 서사의 중심에 놓고 있으나 약속은 꼭 지켜야 한다는 교육성에만 초점을 두고 있지 않다. 영님이가 어머니의 병환과 약속 사이에서 갈등하는 내면 심리의 묘사에 초점을 둠으로써 교육성과 현실성 사이의 갈등을 통해 이해와 배려의 중요성을 강조한 동화라고 할 수 있다.

영길이와 삼이의 우정을 보여주는 동화 「동무와 우산」은 비를 맞고 학교에 가는 삼이에게 우산을 같이 쓰자고 다가온 영길이와 우정를 다룬 동화이다. 우산이 없는 삼이에게 우산을 씌워준 영길이의 행동은 '참말 죄고만 일'이지만 '죄고만 일'도 실천하지 않은 친구들에게 울림을 주고 있다. 이것은 「일남이의 그림」이나 「약속」처럼 약자에 대한 이해와 배려를 넘어 차별 없는 세상을 향한 작가의식의 표출이다.

이와 좀 다른 결을 지닌 작품으로 「어머니」와 「심부름 가는 길」이 있다. 「어머니」는 인숙이가 밤늦도록 집에 돌아오지 않아 학교와 친구들의 집을 찾아다니는 어머니의 심정을 그린 동화이다. 어머니의 심정을 헤아리지 못하는 인숙이의 모습은 어른들과는 다른 어린이들의 세계, 무언가에 열중하다 보면 시간관념이 없어지고 마는 특성을 보여주는 작품이다. 「심부름 가는 길」은 심부름의 내용을 잊지 않으려고 수없이 되 뇌이면서 심부름을 가는 삼이의 모습을 그린 동화이다. 심부름을 가던 중에 싸움구경을 하다가 심부름의 내용을 잊어버린다. 삼이는 심부

---

49 최명표, 앞의 책, 193면.

름의 내용을 생각하려 애쓸수록 싸움판의 소리만 귓가에 맴돈다. 해찰을 부리다가 심부름 내용조차 잊어버리는 삼이의 모습이 사실적으로 그려지는데, 삼이의 행동은 어린 시절에 누구나 겪었을 법한 이야기라는 점에서 특히 인상적이다. 이처럼 정태병의 동화는 작위적이지 않고, 계몽적이지도 않으면서도 교육성을 동반하여 독자들을 그 상황에 동화시키는 특성이 있다.

어머니가 잠든 아기를 삼이에게 맡기고 마실 간 이야기인 「삼이와 아가」는 아기를 돌보는 것이 얼마나 힘든 일인지를 보여주는 동화이다. 잠을 잘 자던 아기가 깨서 울자 삼이는 아기를 달래려 안간힘을 쓰지만 역부족이다. 삼이도 울 지경이 되자 돌아온 어머니는 삼이에게 위로의 말도 없이 아기만 챙긴다. 삼이는 결국 '울음'에 감정을 담아내는데 어린이들의 감정과 어린이들의 심리를 잘 간파한 작품이다. 동화 「회람반」은 한글을 모르는 친구들이 한글을 아는 척하면서 회람반을 돌리는 모습이 우스꽝스럽게 묘사되고 있는 작품이다. 친구들에게 자랑하고 싶은 심리가 그대로 노출되는 작품이라고 할 수 있다. 정태병이 동심과 동일성을 일관되게 유지하면서 그만의 특장을 지닌 작품을 쓰려 애썼다.

특히 자연물을 대상으로 한 동화는 그의 동화적 특성을 잘 보여주는데 「물방구」와 「귀뚜라미」이다. 「물방구」는 처마에서 떨어진 물방울이 땅에 닿아 작은 풍선을 만들고 부서지고 또 만들어내며 떠내려가는 모습을 특유의 섬세한 관찰력으로 자연현상을 묘사한 작품이다.

그러자 영자의 두 눈은 똘람똘람 참말 재미잇는 것을 보앗습니다.

동편 낙수물 자리로부터 빗물이 나즌대로 내리고 내리는데 그 물 우에 하나도 더되고 열도 더되는 물방구가 둥 둥 이루워진 것입니다.

둥글 둥글 합니다.

둥 둥 …… 배 떠나가듯 물방구는 곳 미끄러 내려갈 듯합니다.

그런대 핫필 심술 사나운 일입니다.

낙수물이 그만 둥 둥 물방구를 내리째처 버린 것입니다.

도록~하는 사이에 웃봉우리를 폭 내리 쩌처버립니다. 그래서 물방구는 씨슨 듯 업서저 버렷는데 어느새 그런지 몰습니다 그 여페 다시 둥굴둥굴 박아지 가튼 물방구 하나가 생겨 둥 둥 쩟습니다

이러케 되고 보니 참말 재미가 잇는데 이거 무슨 심사입니까

영자가 '물방구'가 만들어지는 장면을 보고 있는 모습이다. 물방울이 떨어져 물에 부딪히면서 기포가 발생하고 소멸하는데 그 발생과 소멸을 지켜보는 영자는 기포의 생성과 소멸에 따라 즐거움과 섭섭함이 교차한다. "낙수물 제가 제 손으로 공을 맨드러 제 손으로 부시고 박아지를 모자를 쏘한 그러케 맨드러선 제 손으로 쉽사리 부서버리는 것"을 안 다음에는 "조흔게 될야면 그리 쉽사리 되는 게 아닌"걸 알게 된다. 기포의 생성과 소멸이 반복되는 과정을 통해 하나의 완성된 물방구가 되는 것이 어렵듯이 그것을 완성하기 위해서는 부단한 노력이 필요하다는 교육성을 내포한 이 동화는 기포의 발생과 소멸에 따른 영자의 심리 변화는 씨실과 날실로 교직되어 탄탄한 구조를 띤다. 동화 「귀뚜라미」에도 마찬가지다.

달빗츤 철철철 섬돌을 훤히 비처주는데도 귀뚜라미 소리는 섬돌에서 들리지 안키 때문입니다. 이상한 일입니다.

컴컴한 밤 그 섬돌에서 들리던 귀뚜라미 소리가 지금엔 짠데서 들여옵니다.

삼이는 귀를 다시 한 번 의심하고 허리를 굽혀서까지 귀를 기우렷습니다.

쏘르르르 ……

분명히 귀뚜라미 소리는 느러지게 들여 올 뿐 섬돌에서는 들리지 안코 맙니다.

삼이는 머리를 들어 달을 우러러 봄니다.

둥실한 달 볼사록 커지는 달 볼사록 발거만 지는 달을 삼이는 멍－히 우러러 보며 귀뚜라미 소리를 듯습니다.

삼이는 한식경 그대로 바래다가 잠깨인 듯 귀뚜라미 소리를 차저냇습니다.

쏘르르르 ……

귀뚜라미 소리는 훤한 달에서 들여오는지를 알엇습니다. 지붕도 뜰도 섬돌도 비춰주는 달빗과 함께 달에서 흘러나오는 소리임을 알엇습니다. 삼이는 그냥 섬돌에서 귀뚜라미 소리를 들으랴햇스나 그러면 그결사록 달에서만 들여옵니다.

쏘르르르 쏘르르르

쏘르르르 ……

삼이는 지금 귀뚜라미 소리를 달에서 듯고 잇습니다.

자신의 몸을 숨기고 가을밤을 노래하는 "귀뚜라미 소리를 달에서 듯고"있다는 삼이의 말은 동화가 갖고 있는 환성성을 잘 보여준다. "지붕도 뜰고 섬돌"에서 소리를 내고 있음에도 달에서 귀뚜라미 소리가 나는 것으로 묘사하고 있다. 귀뚜라미의 '소리'와 '달'의 결합은 환상적으로 이끌어가는 서사의 핵심으로 어린이의 눈으로 현실세계를 그린 것이다. 그의 동화들은 상황을 압축적이면서도 구체적으로 묘사함으로써 어린이들의 상상력을 자극하는 서사적 장치와 주제를 전달하는 측면에서도 효과적인 서술전략을 구사하고 있다. 정태병은 자연현상을 환상적으로 묘사함으로써 자연에 대한 궁금증을 해소하는 한편으로 자연의 현상을 신비하게 바라보는 화자의 눈과 입은 동심과 깊이 조우하고 있다. 어린이는 "인생의 경험이 적고 참조체계가 다르며, 일반적으로 어휘와 다른 언어적 기술이 덜 발되어 있어"[50]서 "현실세계를 반영하고 이데올로기적 가치를 전달하고, 정신에 강력한 영향력을 행사하며, 우리의 감정에 호소"[51]하기가 어렵다. 그럼에도 불구하고 정태병은 어린이의 언어로 누구에게나 공감과 감응을 일으켜 환상의 세계로 이끌고 있다는 점에서 「귀뚜라미」는 동화가 갖춰야 요건을 두루 충족하고 있는 정태병 동화의 수작이다.

웃음을 주는 교훈적인 동화로는 「어름과자」와 「조각달」이 있다. 「어름과자」는 어름과자를 먹고 싶은 정윤이가 어머니를 조르다가 안 되자 아버지 회사를 찾아가 어름과자를 사들고 약장수의 인형놀이에 빠져 어름과자가 녹는 줄도 모른다. 녹아 없어진 어름과자를 본 정윤이는 어머니가 배탈 난다고 했던 이야기가 떠올라 차라리 잘되었다고 생각하면서 다시는 어름과자를 먹지 않기로 다짐하는 내용이다. 「조각달」은 도둑이 도둑을 잡기위해 쫓아오는 사람에게 잡히지 않기 위하여 줄행랑을 치는데 막다른 골목에서 도망을 포기하고 보니 제 그림자였다. 그 우수운 꼴을 지켜본 것은 조각달이었다. '도둑이 제 발 저린다'는 말이 딱 맞는 동화이다. 이 두 편의 동화는 교육과 교훈적인 내용이 핵심인데 직접적으로 드러내지 않고 웃음 안에서 발견하게 한다는 점이 특징이다. 이 밖에도 정태병이 유년동화로 분류한 「고개대답」, 「아빠무릅」은 유아들이 주인공으로 등장하여 생활 속의 젖먹이 유아들의 모습을

50 마리아 니콜라예바, 『아동문학의 미학적 접근』, 조희숙 외역, 교문사, 2009, 15면.
51 위의 책, 8면.

사실적으로 그려내고 있다.

이상에서 확인하였듯이 정태병의 동화가 차별 없는 세상을 이야기한다. 그리고 교훈적인 한계에 갇혀있지 않고 웃음과 환상으로 재미있게 풀어가고 있다. 이것은 정태병이 고향 영광에서 선험적으로 터득하였던 항일 민족운동과 민족운동의 세례를 받았던 작가로서 일제의 탄압에 대한 거부가 차별 없는 세상을 꿈꾸게 한 것으로 보인다. 따라서 해방 이전의 동화는 그가 쓴 혈맹가인 「추풍부」처럼 차별 없는 세상의 실천태로써 '어린이-되기'였다.

4. 웃음의 미학과 상리공생

정태병은 해방 이후에 광주에서 호남신문사에서 지방부장으로 근무하다가 서울로 이주하였다. 해방 후에는 주로 서울에서 활동하였는데 조선문학가동맹 아동문학분과에서 활동하였다. 그는 전남 영광에서부터 민족운동을 함께 했던 선배 시인 조운과 조남령의 절대적인 영향을 받았다. 시인 조운과 조남령은 조선문학가동맹의 회원들로 그들은 한국전쟁 전에 월북하였다. 일제 식민지로부터의 해방은 민족의 축제였다. 해방기는 무한한 가능성의 공간이자 새로운 출발의 공간이었다. 사상과 이념으로부터 자유로웠기 때문에 이 시기에 창작된 작품들은 어느 시기보다 다양한 색채를 가지고 있다. 억압으로부터의 해방과 다가올 시간에 대한 기대가 공존하던 시기의 아동문학은 그런 의미에서 더욱 특별하다. 아동문학은 국가권력으로부터 자유롭고 무관한 듯 보이나 다른 한편으로는 교육과 관련성이 깊기 때문에 가장 민감하게 반응한 분과이기도 하다. 일제강점기 음악 교육으로 보급하였던 식민화 교육을 전유한 것이 동요운동으로 나타났고, 일제의 식민화 정책을 전유하였던 아동문학가들의 활약은 항일 민족운동이었던 것처럼 해방기는 식민지배로부터의 해방뿐만 아니라 얽매인 모든 것들로 부터의 해방이었다. 그래서 이 시기는 좌익과 우익을 대표하는 단체들이 조직되고 이합집산하는 양태를 보인다. 문학건설본부가 전국프로레타리아예술총연맹과 통합하여 조선문학가동맹이 되었고, 중앙문화협회는 발전적인 해체의 과정을 거쳐 전국문필가협회가 되어 문단을 대표하는 단체가 되었다.

해방을 맞이한 기쁨도 잠시 이념 간의 갈등이 첨예화된 것은 1948년 남북한 단독정부수립부터 한국전쟁기까지라고 할 수 있다. 이 시기는 민족의 앞날을 가늠하기 어려운 암흑의 시대였다. 남북한이 서로 다른 정형의 공간을 만들면서 무한한 가능성으로 열렸던 해방공간은 제한된 가능성의 공간으로 변모되었다. 그러나 남북으로 분단되기 이전의 작가들은 일제로부터 글쓰기를 억압당하였던 반대급부로 많은 작품들을 쏟아내기 시작하였다. 그런 한편으로 민족의 미래에 대한 희망과 기대를 어린이들에게 투사하면서 어린이 잡지가 활발하게 간행되었다.

동화 「나무와 바람」은 나무와 바람의 힘겨루기를 보여주는 동화이다. 나무가 사람들의 많은 사랑을 받는 것에 샘이 난 바람이 나무의 잎들을 모조리 떨어뜨리고 그것도 모자라 나무의 가지들까지 부러뜨려 놓는다. 그래도 나무는 꾹 참으면서 바람을 이겨내리라 다짐하면서 세찬 바람을 견디어 낸다. 이솝이야기 「바람과 해님의 내기」를 연상시키는 이 동화는 심술꾸러기 바람과 나무의 대결을 통해 자연의 현상인 계절의 순환을 이야기하고 있다. 동시에 참고 견디는 인내 뒤의 달콤함을 이야기하고 있다. 동화 「소 이야기」도 마찬가지이다. 산에 사는 소가 사냥꾼들에게 쫓기다가 까맣게 탄 소는 검정소가 되었으며, 노랗게 탄

소는 노랑소가 되었다는 것인데 노랑소는 마음씨 착한 농부의 지극한 보살핌으로 농부의 집에서 평생 은혜를 갚으면서 살았다는 이야기이다. 전래동화 같은 이 동화는 소가 사람과 함께 살게 된 과정을 재미있게 풀어내고 있다. 거기에는 소의 생태까지도 담아냄으로써 과학적 지식을 쉽게 전달하고 있기도 하다. 그런 점에서 「나무와 바람」과 「소 이야기」는 자연과학동화이자 생태동화인 셈이다.

동화 「어린이날」은 어린이날을 기다리는 어린이의 마음을 '삼이의 일기'라는 부제를 단 일기문의 형식의 작품이다. 어린이날을 기다리는 어린이의 심정을 날마다 이야기함으로써 어린이날에 대한 기대와 설렘과 기쁨을 사실적으로 그리고 있다.

(오월 삼일)

맑은 하늘, 바람도 맑다.

오늘 아침에는 연이 때문에 인왕산을 못 올라갔다.

연이가 한살고 따라 오겠다고 목매를 달아서

"빡아, 너는 어리니까 못간다"

그러면서 울고 매달리는 연이를 뿌리치고 휘잉 뛰어 나가다가 어머니께 꽉 붙들렸다.

누이동생을 울린 것보다도 일본말 욕을 했다고 톡톡히 종아리까지 얻어 맞았다.

학교에 갈 때 어머니는

"삼아, 내일 모래가 어린이 날인데, 동생을 욕하면 쓰나 ……?"

하시며 부드러운 말씀으로 머리를 쓰다듬어 주셨다.

나는 정말 잘 못했구나, 하고 눈물이 핑 돌았다.

왜 비행기가 밤마다 우루룽 ……

소리를 치고 다니는지, 잠을 못자겠다고 어머니가 비행기더러 욕하셨다.

동생 연이가 인왕산에 따라가겠다고 떼를 쓰자 동생 "'빡아, 너는 어리니까 못간다'"고 소리치면서 '빡아'라는 '일본말 욕'을 한 것 때문에 혼이나는 장면이다. 해방을 맞았는데도 자연스럽게 나오는 '일본말'을 문제 삼아 탈식민화하지 못한 모습을 보여줌으로써 민족성의 회복에 심혈을 기울이고 있다. 정태병이 '한글맞춤법통일안'에 의거하여 『조선동요전집』을 엮으면서 '우리나라에도 이러한 아름다운 노래가 있다'는 것을 확인한 이유도 이것 때문이었다. 이때는 우리말을 사용하지 않아서 '종아리까지 얻어 맞'아야 하는 아픔을 극복해야 하는 시기였다. 그런데 '부드러운 말씀으로 쓰다듬어' 주는 어머니의 손길에서 '잘못'을 깨우치는 삼이와 비행기 소리에 잠을 못자겠다고 '비행기더러 욕'하는 어머니의 모습이 교차하는 지점에서 '어른은 어린이의 거울이다'는 말을 새삼 떠올리게 함으로써 어른들의 반성을 요구하고 있다.

동화 「성냥 찾을 성냥」도 마찬가지이다. 자신의 허물을 보지 못하는 어머니의 모습이 그려지고 있다. 즐거운 저녁상을 받아 맛있게 밥을 먹는데 그만 전등불이 꺼져버린다. 기다려도 전등이 들어오지 않자 더부살이 옥례에게 성냥을 찾아오라고 하였으나 끝내 성냥을 찾지 못하면서 벌어지는 이야기를 담고 있다.

아마 더듬더듬 손으로 성냥을 찾는 모양입니다. 그러더니 옥례는 그만 울음이 터질 듯한 소리로

"……… 어데 있는지 성냥이 있어야 찾겠에요 ………"

하고는 흑흑 느끼기 시작합니다.

그러자 부엌을 내다보고 계시던 어머니가 어이없다는 듯이

"뭐야?" 소리를 치시고, 누나는

"호호호호 ………"

재미있게 우습니다.

"……… 그래 그래 성냥이 있어야 성냥을 쉽게 찾지 ………. 허허허 ……………"

아버지는 또 한바탕 큰 소리로 웃으십니다.

누나와 아버지의 웃음소리는 어머니의 꾸지람에 울먹이는 옥례의 마음을 헤아리는 따뜻함이다. 웃음소리는 옥례에 대한 '누나'와 '아버지'의 배려로서 전등이 들어오면서 상황은 종료된다. 그런데 성냥이 어머니 바로 옆에 있었다는 것이 확인됨으로써 어머니는 자신의 호통이 무색해지고 존재는 작아지면서 웃음을 유발하고 있다. 이렇듯 정태병의 동화는 소외된 사람에 대한 따뜻한 시선이 늘 공존한다. 그것도 교육동화처럼 일방적으로 이야기를 전개시켜나가는 것이 아니라 그 상황을 잘 이용하여 넌지시 그 방향으로 이끌어 공감하게 한다.

동화 「다람쥐와 곰」도 마찬가지이다. 곰이 먹이를 찾아 헤매다가 겨우 여우를 잡았다. 놀란 여우가 싼 똥에서는 코가 썩는 듯한 구린내가 났다. 곰은 배고픔을 해결하려고 여우를 삼키려는 순간에 토끼가 곰에게 다가가 귓속말로 여우의 똥 구린내는 속이 썩느라 그런 것이니 잡아먹으면 곰의 속도 썩어 죽을 것이라고 한다. 그 말에 여우를 놓아 주었으나 금세 속은 것을 안 곰은 토끼를 잡아먹으려 하였다. 토끼의 눈은 빨갛게 되었고 그것을 본 다람쥐가 달려와서 토끼는 죽을 때가 되면 눈을 새빨갛게 되고 먹으면 뱃속에 불을 질러버린다고 속인다. 그러자 곰은 토끼를 놓아주었으나 또 속았다는 것을 안 곰은 다람쥐를 삼키려도 달려들었다. 그러나 다람쥐는 우뚝 선 바위틈으로 달려가서 곰을 약 올린다. 속을 것을 안 곰은 약이 올라 혼자 어쩔 줄 모른다.

곰이 강자라면 여우와 토끼와 다람쥐는 모두 약자들이다. 강자인 곰에 대항하여 약자들인 여우와 토끼와 다람쥐는 서로를 돕는 상리공생을 선택한다. 그래서 모두가 살아남는다. 이 동화는 해방기 어수선한 정국 속에서 어린이들도 서로를 아껴주면 모두가 함께 공존할 수 있다는 점을 시사하고 있다. "어린이 잡지에서 재미있는 이야기만을 골라 어린이들이 읽기 쉽게 큰 글자로 고쳐 다시 책을 만"[52]든 것처럼 정태병의 동화는 재미있고 "좋은 동화"로서 "시 정신에 입각한 인간보편의 진실을 상징적으로 표현"[53]하고 있다.

> 兒童은 天眞爛漫한 成人以下의 存在로만 輕視할 수 없다는 것은 決코 成人 對 兒童의 便이 되어 그들은 擁護하고 또한 過大評價하고자 함에서가 아니라 지금 어른 以上으로 어지러운 빗바람 속에서 시달리며 開花하려는 그들이기 때문에 그 指導와 育成에 任할 成人社會의 새로운 認識은 두말할 것도 없거니와 當場에 가난과 줄임과 暴壓 가운데 헐덕이고 있는 絶對多數의 우리 貴여운 兒童을 위주로 한 힘찬 文化運動이 組織的으로 展開되어야 한다는 것을 重言復言하는 것이다.

위의 「아동문화운동의 새로운 전망」이라는 글의 일부이다. 정태병은 일제 식민지하의 조선의 어린이를 위한 동화를 썼던 것과 마찬가지로 동심 본연의 것들에 충실하였다. 그러나 "프로작가의 그것처럼 생경한 목적의식을 드러"낸 작가가 아니었다. 단지 조선문학가동맹 아동문학분과에 소속되었지만 충실한 동화작가로서 소임을 잃지 않았고 '성

52 「머리말」, 교육문예 창작회 편, 『나비를 잡는 아버지』, 창작과비평사, 1993.
53 이재철, 『아동문학개론』, 서문당, 1982, 143면.

인사회의 아동에 대한 재인식을 위하여'라는 부제처럼 성인들의 어린이에 대한 인식의 전환을 주장하고 있다. 즉 "오늘날까지도 어린이들에게 대한 사회인의 관심과 인간적인 취급이 너무나 소홀하고 냉냉"하면서 "아동은 순진한 인간이라는 구실삼아 사회와 굳게 장벽을 싼 에덴동산에서 단꿈을 꾸라고" 강요하는 것은 현실을 직시할 필요성을 제기한 것이다.

정태병은 프로문학에서 말하는 '생활동화'는 없다. 동심을 사상이나 이념화에 이용하지 않았고 동심을 있는 그대로 반영한 동화를 썼을 뿐 "비현실적인 아동관을 일침하라는 등 공격과 선동을 일삼으면서 사회주의 이론을 합리화시켜 나"[54]간 작가는 아니었다. 위 글은 현실세계를 직시하여 보여주고 있을 뿐 사회주의 이론을 통해서 어린이들에게 그것을 강요하지 않았다. 그런 점에서 정태병은 "예술적 진보성과 정치적 보수주의는 완전히 양립할 수 있으며, 현실을 충실하고 올바르게 묘사하는 모든 정직한 예술가는 본래적으로 그 시대에 계몽적 · 해방적인 영향"[55]을 미친 작가였다.

5. 해방기 아동문학사의 공백을 채우다

정태병은 일제강점기에 동화로 등단하여 동화를 썼지만 특정 문학단체에 가입하여 활동한 흔적은 확인되지 않았다. 해방이후에는 조선문학가동맹의 아동문학분과 위원으로 활동하면서 발표한 동화에도 사상적인 문제가 노정된 작품은 없다. 그것은 항일 민족운동의 세례자이

54 위의 책, 327면.
55 아놀드 하우저, 『문학과 예술의 사회사』 4, 창작과비평사, 1999, 67면.

자 참여자로서 창작초기부터 동화를 통해 꿈꾸었던 차별 없는 세상을 향한 글쓰기로 일관하였다. 그가 쓴 '조선창작민화'들도 마찬가지로 큰 틀에서는 동화와 동일성을 유지하며 차별 없는 세상을 향한 이야기면서도 웃음과 재미를 주고 있다. 이외에도 더 많은 작품을 발표하였을 것으로 추정되나 결손된 자료가 많아 확인 할 수 없는 사정에 있다.

정태병은 아동문학사에 알려지지 않은 인물이다. 그는 분명한 지점에서 어린이들을 위한 동화를 쓰면서 문단에 등장하였고 해방기까지 꾸준히 아동문단의 발전에 기여하였다는 점이다. 그럼에도 불구하고 그의 존재가 가려져 있었던 것은 해방기의 혼란과 한국전쟁으로 인하여 문학적 성과가 사장되었고, 한국전쟁기에 행방불명됨으로써 문단의 관심 밖의 사람이 되었기 때문이다.

정태병의 동화들은 하나같이 따뜻하고 소박하며 특별히 이념과 사상을 배경에 깔고 있지도 않다. 모두가 동심어린 눈으로 바라본 세상을 그리고 있다. 그의 동화는 교조적이거나 교훈적인 한계에 갇혀있지 않고 재미와 즐거움뿐만 아니라 감동과 공감을 이끌어내는 데 특장적이다. 그것은 차별 없는 세상을 꿈꾼 '어린이-되기'로 동화를 썼기 때문이다. 그의 어린이에 대한 관심은 해방기 조선문학가동맹 아동문학분과위원회 활동으로 이어졌으나 재미와 웃음으로 차별 없는 세상을 꿈꾼 작품들로 오직 동심에 일관한 글쓰기를 유지하였다. 아동문학가 정태병의 존재와 작품의 발굴은 한국 아동문학사를 보완하는 의미가 있을 뿐만 아니라 해방기가 결코 공백기가 아니었다는 사실을 확인한 셈이다.

1916 8월 15일 전라남도 영광군 영광면 백학리 41번지에서 부친 정동안(鄭東安)과 모친 김안(金安)의 장남으로 출생하여 전남 영광군 영광면 백학리 39번지에서 자람.

1926 부친 정동안 사망(10월 19일).

1928 영광공립보통학교 졸업(2월).

1930 영광공립보습학교 졸업(2월).

1938 '영광공산당사건'으로 몇 달간의 구류를 살았으나 치안유지법위반 혐의 없음으로 석방(5월 16일).

1939 『매일신보』 신춘현상모집에 동화 「일남이의 그림」이 일등으로 당선됨(1월 1일). 『매일신보』에 동화 「약속」 발표(7월 9일). 『매일신보』에 동화 「동무와 우산」 발표(7월 30일). 『매일신보』에 동화 「물방구」 발표(8월 29일). 『매일신보』에 동화 「어머니」 발표(9월 24일). 『매일신보』에 동화 「귀뚜라미」 발표(10월 8일). 『매일신보』에 동화 「조각달」 발표(11월 12일). 『매일신보』에 동화 「심부름 가는 길」 발표(12월 24일).

1940 『매일신보』에 동화 「삼이와 아가」 발표(3월 3일).

1941 『매일신보』에 동화 「고개대답」 발표(6월 2일). 『매일신보』에 동화 「아빠무릎」 발표(6월 2일). 『매일신보』에 동화 「얼음과자」 발표(7월 14일).

1942 시 「추풍부」 씀. 큰 딸 정홍 태어남(11월 7일).

1943 『아이생활』에 동화 「회람반」 발표(6월). 『매일신보』에 방정환의 동요 〈형제별〉을 일어로 번역 발표(12월 16일). 『매일신보』에 서덕출의 동요 〈봄편지〉를 일어로 번역 발표(12월 20일).

1944 『매일신보』에 김소월의 동요 〈엄마야 누나야〉를 일어로 번역 발표(1월 20일).

『매일신보』에 김석영의 동요 〈아기의 꿈〉을 일어로 번역 발표(1월 24일). 『매일신보』에 김수향의 동요 〈고향하늘〉을 일어로 번역 발표(2월 10일). 『매일신보』에 조남령의 동요 〈정다웁지요〉를 일어로 번역 발표(2월 21일). 『매일신보』에 목옥순의 동요 〈봄〉을 일어로 번역 발표(2월 24일). 『매일신보』에 최병완의 동요 〈별똥〉을 일어로 번역 발표(2월 28일).

1945 작은 딸 정련 태어남(3월 28일).

1946 『조선동요전집』 1권(신성문화사) 출판.

1947 『어린이세계』에 동화 「나무와 바람」 발표(5월). 아들 정달 태어남(11월 20일).

1948 『서울신문』에 동화 「쥐 이야기」 발표(1월 20일). 미국의 소설 『연애와 결혼』 번역 출판(8월 10일). 『아동문화』에 평론 「아동문화운동의 새로운 전망」 발표(11월).

1949 『조선중앙일보』에 동시 「잠 안자는 소」 발표(1월 1일). 『어린이나라』에 동화 「소 이야기」 발표(1월).

1949 『신천지』에 조선창작민화 「하인과 상전」 발표(2월). 『서울신문』에 동화 「봄바람」 발표(2월 9일). 『주간 서울』에 수필 「양쌀」 발표(2월 14일). 『어린이나라』에 동화 「어린이날—삼이일기」 발표(5월). 『진달래』에 동화 「성냥 찾을 성냥」 발표(5월). 『신천지』에 조선창작민화 「뿔 달린 말」 발표(6월). 『어린이』에 동화 「다람쥐와 곰」 발표(7월). 『신천지』에 조선창작민화 「수렁에 빠진 도둑」 발표(7월).

1950 한국전쟁 중 서울에서 행방불명.

1951 4월 8일 오후 8시 전남 영광군 영광읍 백학리 39번지에서 사망한 것으로 신고됨(부인 박세보).

1964 모친 김안 사망(9월 3일).

1990 부인 박세보 사망.

작품연보

제목	발표지	발표일	비고
一男의 그림	『매일신보』	1939.1.15~19	신춘현상당선동화
약속	『매일신보』	1939.7.9	동화
동무와 우산	『매일신보』	1939.7.30	동화
물방구	『매일신보』	1939.8.29	동화
어머니	『매일신보』	1939.9.24	동화
귀뚜라미	『매일신보』	1939.10.8	동화
조각달	『매일신보』	1939.11.12	동화
심부름 가는 길	『매일신보』	1939.12.24	동화
삼이와 아가	『매일신보』	1940.3.3	동화
秋風賦		1941	시
고개대답	『매일신보』	1941.6.2	동화
아빠 무릅	『매일신보』	1941.6.2	동화
어름과자	『매일신보』	1941.7.14	동화
회람반	『아이생활』	1943.6	동화
錫ちゃんの防空演習	『半島の光』	1943.8	동화
나무와 바람	『어린이세계』	1947.5	동화
쥐 이야기	『서울신문』	1948.1.20	동화
兒童文化運動의 새로운 展望	『아동문화』	1948.11	평론
잠 안자는 소	『조선중앙일보』	1949.1.1	동시
소 이야기	『어린이나라』	1949.1	동화
下人과 上典	『신천지』	1949.2	조선창작민화
봄바람	『서울신문』	1949.2.9	동화
어린이날-삼이 일기	『어린이나라』	1949.5	동화
성냥 찾을 성냥	『진달래』	1949.5	동화
쌀 달린 말	『신천지』	1949.5·6	조선창작민화
다람쥐와 곰	『어린이』	1949.7	동화
수렁에 빠진 도둑	『신천지』	1949.7	조선창작민화

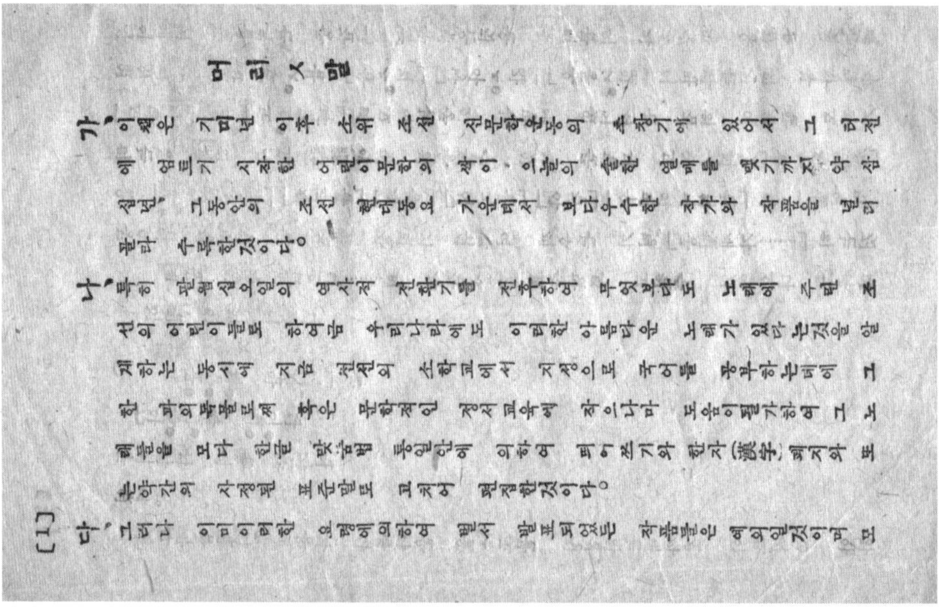

머리ㅅ말

가、이책은 기미년 이후 소위 조선 신문학운동의 초창기에 있어서 그 터전에 엄트기 시작한 어린이문학의 싹이・오늘의 출한 열매를 맺기까지 약 삼십년、그동안의 조선 현대동요 가운데서 보다우수한 작가와 작품을 널려 골라 수록한것이다。

나、특히 팔월십오일의 역사적 전환기를 전후하여 무엇보다도 노래에 주린 조선의 어린이들로 하여금 우리나라에도 이러한 아름다운 노래가 있다는것을 알게하는 동시에 지금 전선의 소학교에서 지성으로 국어를 공부하는데에 그 한 파의독물로써 혹은 문학적인 정서교육에 작으나마 도움이될가하여 그 노래들을 모다 한글 맞춤법 통일안에 의하여 띄어쓰기와 한자(漢字) 폐지와 또는약간의 사정된 표준말로 고치어 편집한것이다。

다、그러나 이미이러한 요명에의하여 벌서 발표되었든 작품들은 예외일것이며 모

[1]

[2]

마 그작품들이 내용과 아름다운 운ㅅ조를 상실하는데까지 이르지는 안하
였다。

부어가지 예를 들자면

「아즘일쭉 일어나
찬밥안해 안지니」는

×

아침 일쩍 이러나
찬밥 안해 앉으니……의 사삼ㅅ조 표준말로 고쳘수 있었으나 그러나
동요의 생명인 음ㅅ조를 살리기 위하여 제우는 가령「종달새가……」하는것
은「종다리……」「제주론」「제춘」「아기불」「아젼」「우리어머니는」이「울엄만」
하는등 특히 시요(詩謠)에만 허용될수 있는 준말과 또는「파뭇」을「파아뭇」
「노랑바」를「노오랑바」하고하는등의 눈법에 있어서는 감히 어색한 모미가
없었다。또한「등ㅅ불」「산ㅅ길」「방아ㅅ간」「오동ㅅ잎」이란다든지의 복합명사
사이에서 발음되는 중간「ㅅ」을넣은것은 노래들의 자ㅅ수와 음률을 갖는데

있어서 하는 순색을 가져오지않었기때문이며 그밖에

「푸른하날銀河水
하얀쪽배에
桂樹나무한나무
토끼한마리
돛대도아니달고
삿대도엽시
가기도잘도간다
西쪽나라로」를

×

푸른 하늘 은하수
하얀 쪽배에
계수나무 한나무
토끼 한마리

[3]

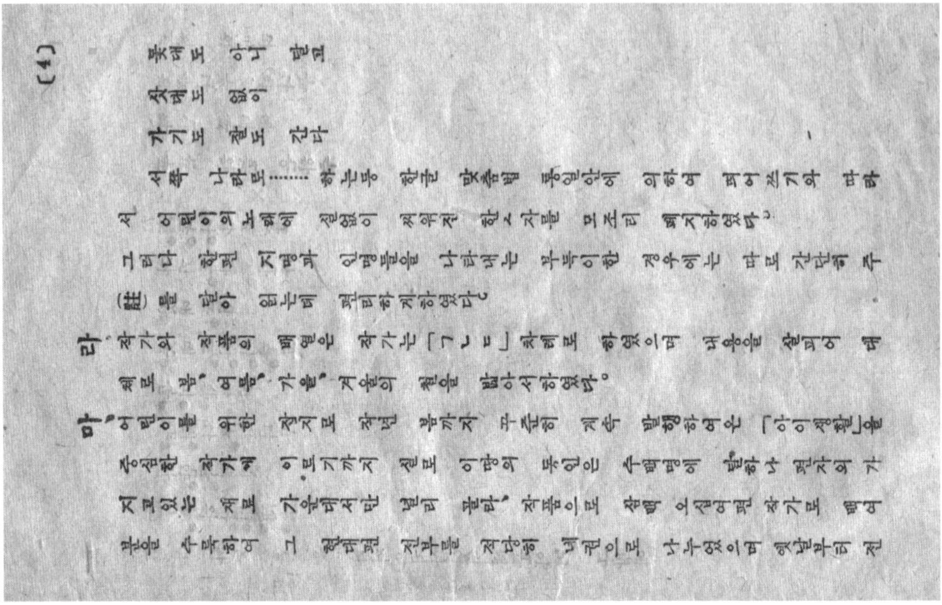

〔4〕

못대도 아니 닿고
삿대도 없이
가기도 잘도 간다

서쪽 나라로…… 하는등 한글 맞춤법 통일안에 의하여 띄어쓰기와 따라서 어린이의노래에 실없이 씌워진 한ㅅ자를 모조리 폐지하였다。

그러나 한편 지명과 인명들을 나타내는 부득이한 경우에는 따로 간단히 주(註)를 달아 읽는데 편리하게하였다。

라、작가와 작품의 배열은 작가는「ㄱㄴㄷ」차례로 하였으며 내용을 살피어 대체로 봄、여름、가을、겨울의 철을 밟아서하였다。

마、어린이를 위한 잡지로 작년 봄까지 꾸준히 계속 발행하여온「아이생활」을 중심한 작가에 이르기까지 실로 이땅의 동인은 수백명에 달하나 편자의 가지고있는 재료 가운데서만 널리 골라、작품으로 삼백 오십여편 작가로 백여분을 수록하여 그 현대편 전부를 적당히 네권으로 나누었으며 옛날부터 전

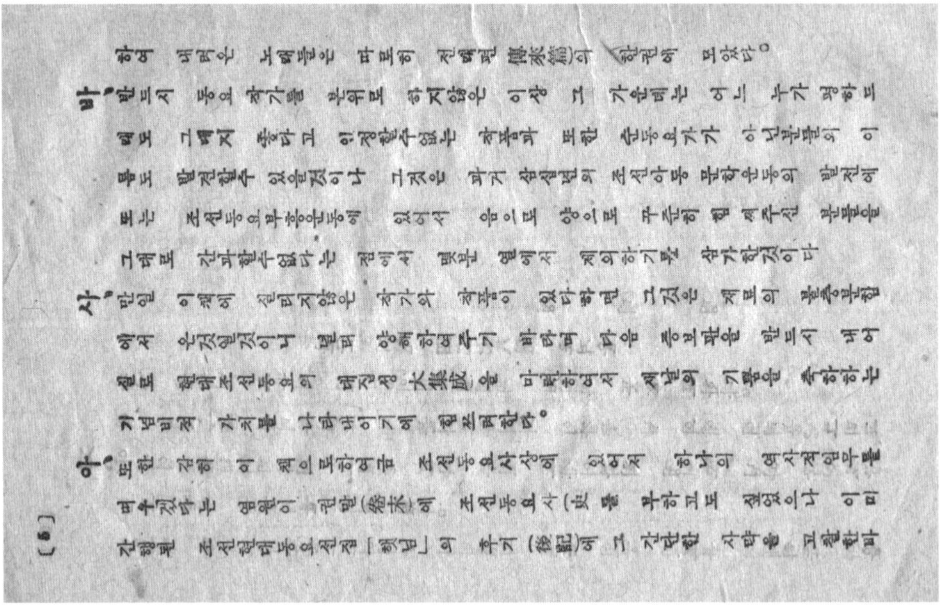

〔5〕

하여 내려온 노래들은 따로히 전래편(傳來篇)의 한권에 모았다。

바、반드시 동요 작가를 본위로 하지않은 이상 그 가운데는 어느 누가 평하드래도 그대지 좋다고 인정할수없는 작품과 또한 순동요가가 아닌분들의 이름도 발견할수 있을것이나 그것은 과거 삼십년의 조선아동 문학운동의 발전에 또는 조선동요부흥운동에 있어서 음으로 양으로 꾸준히 힘 써주신 분들을 그대로 간과할수없다는 점에서 몇분 열에서 제외하기를 삼가한것이다

사、만일 이책에 실리지않은 작가와 작품이 있다하면 그것은 재료의 불충분함에서 온것일것이니 널리 양해하여주기 바라며 다음 증보판을 반드시 내어 실로 현대조선동요의 대집성 大集成을 마련하여서 새날의 기쁨을 축하하는 기념비적 가치를 나타내이기에 힘쓰려한다。

아、또한 감히 이 책으로하여금 조선동요사상에 있어서 하나의 역사적임무를 띠우겠다는 염원이 권말(卷末)에 조선동요사(史)를 부하고도 싶었으나 이미 간행된 조선현대동요선집「햇님」의 후기(後記)에 그 간단한 사략을 고찰한바

〔6〕

있으매 다시 다른분으로하여금 이방면의 깊은 연구 발표를 기대하는 마음으로 굳이 붓들기를 꺼려하였다。

자、이책이 발행되기까지 교열을 보아 주신 조선어학회 정열모 님과 국어보급에 밤낮으로 진력하시는 국어문화보급회회 이갑두 님 외에 여러분、그리고 작가 선출에 도움이 된 양미림 님에게 감사의 뜻을 표한다。

단군 기원 四二七八년 초겨울

정 태 병

〔1〕

목 차 (ㄱㄴㄷ 차례)

〔2〕

〔3〕

‖목 차 끝‖

닭

강소천

물 한모금
입에 물고
하늘 한번
처다 보고,

또 한모금
입에 물고
구름 한번
처다 보고。

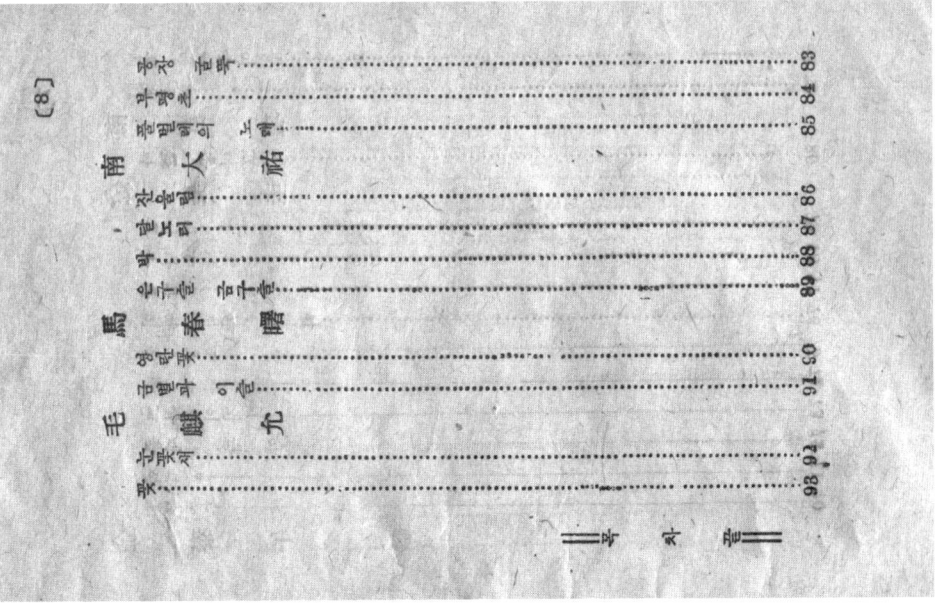

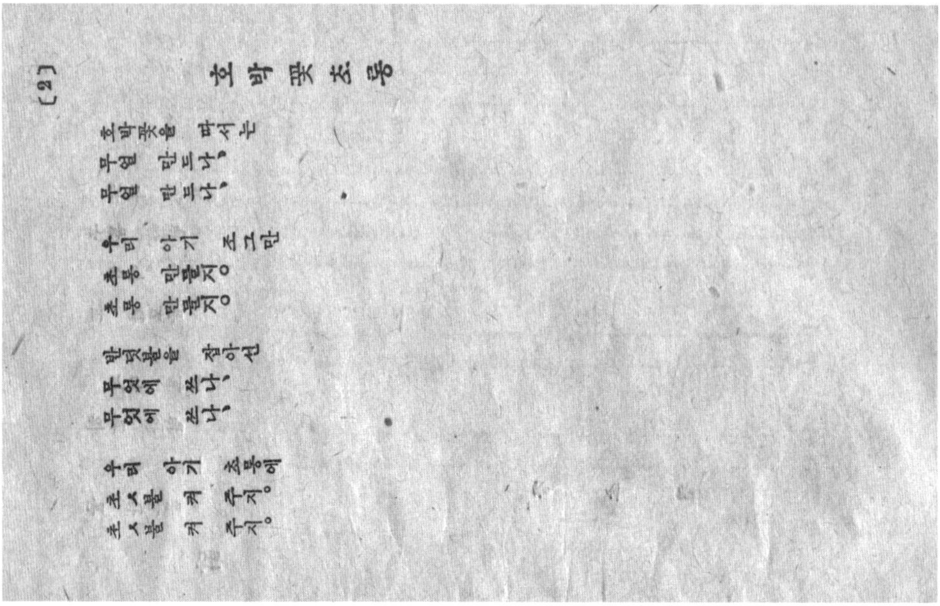

〔2〕

호박꽃초롱

호박꽃을 따서는
무얼 만드나,
무얼 만드나,

우리 아기 조그만
초롱 만들지。
초롱 만들지。

반딧불을 잡아선
무엇에 쓰나,
무엇에 쓰나,

우리 아기 초롱에
초ㅅ불 켜 주지。
초ㅅ불 켜 주지。

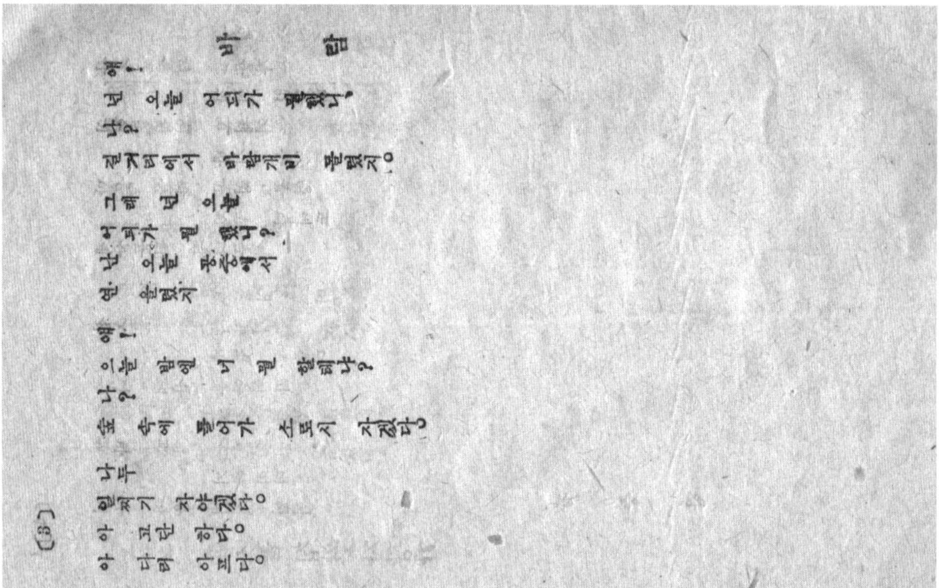

〔3〕

바람

애!
넌 오늘 어디가 뭘했니,
나?
길거리에서 바람개비 돌렸지。
그래 넌 오늘
어디가 뭘 했니?
난 오늘 공중에서
연 울렸지
애!
오늘 밤엔 너 뭘 할테냐?
나?
숲 속에 들어가 소로시 자겠다。
나두
일찌기 자야겠다。
아 고단 하다。
아 다리 아프다。

[4]

산ㅅ골 집의 자장가

강 승 한

넘은 마을 가신 엄마
　　기다리다가
꼬박 꼬박 소르르
　　풋잠이 들면
누나 대신 부엉이가
　　아길 재운다
산ㅅ골집의 자장가는
　　부엉이 소리。

새살문뒤 잣나무서—
　　자꾸 달래도
말을 몰라 부엉 부엉
　　밤새 울어도
칭얼 칭얼 보채기는
　　잠이 왔단다
산ㅅ골집의 자장가는
　　부엉이 소리。

[5]

둘러 둘러 산산

언제나 저 뫼를 넘어 가나
이담에 키 커서 다 넘어볼걸。

둘러 둘러 산、산、
이거 산 저거 산、

소리개 오면 산넘어 오고
비행기 가면 산넘어 가지。

○

하라버지 수염은 다 희였네。
산속에서、허리도 다 굽었네。

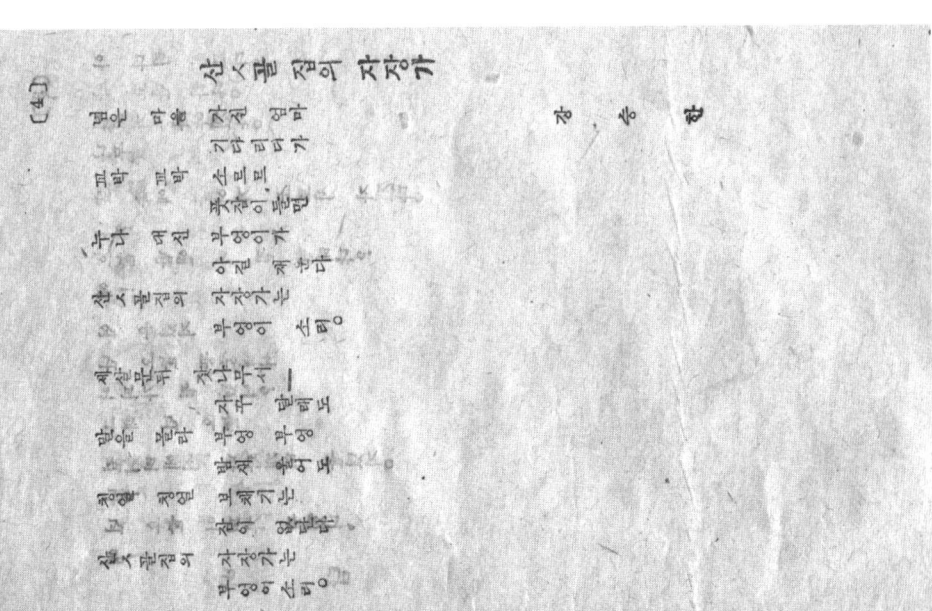

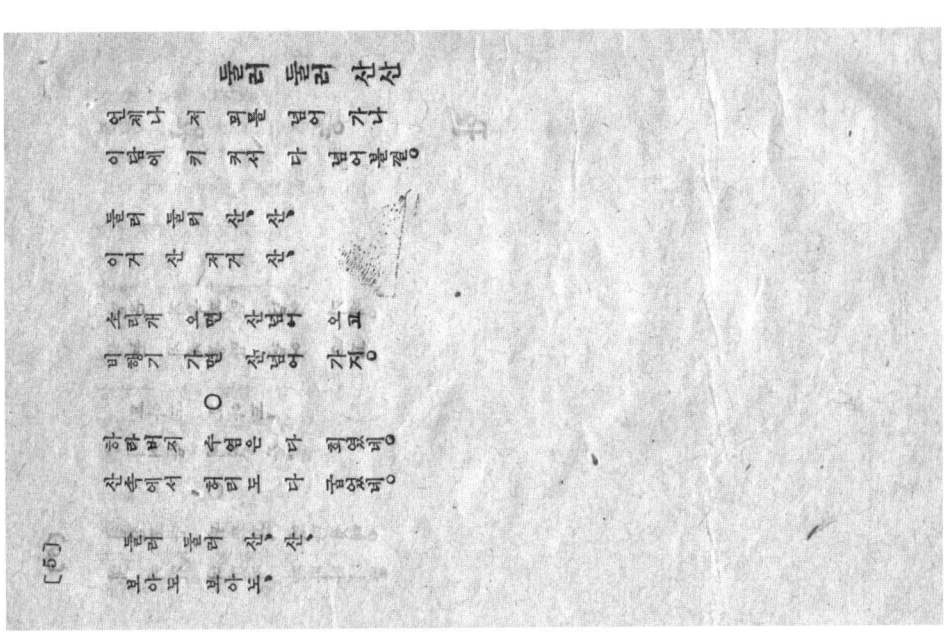

둘러 둘러 산、산、
보아도 보아도、

〔6〕

내 키가 너덧자 자라나기를
청산포단 뒤쓰고, 열다섯해。

○

이거산 저거 산,
보아도 보아도,

해는 시계봉만 넘어 오고
달은 거북뫼만 넘어 가네。

강 승 한

〔7〕

초가삼간

계수나무 은기둥에
금별 기와 얹어 놓고
호박꽃 노랑 풍경
오막사리 집에 달자。

장경성별 따다가
조선문패 달아놓고
달래 각시 청해다가
손님맞이 하재자。

영국 바다 배를 타고
아라사 땅 기차 타고
서양 나라 인형네가
초가 삼간 구경 왔네。

물을 건너 삼천리
땅을 지나 삼만리
여러 나라 다둬두고
초가삼간 찾어 왔네。

〔8〕

심심한 대낮

비들기 비들기 산 비들기
꾹꾹꾹 꾹꾹꾹 흰 비들기。

산에서 밥 먹고 한나절 운다
심심한 대낮에 꾹꾹꾹 운다。

언니는 산 넘어 오백리 가고
돌벌러 서울로 오백리 가고。

누나는 고개 넘어 샘터에 가고
때때옷 빨래하러 샘터에 가고。
숲에서 밥먹는 산비들기만
꾹꾹꾹 대낮에 심심해 운다。

〔9〕

늙어질라

거울은 거울은 누나나 보고
호물 호물 할머닌 뵈지마라
늙어질라 거울이 거울이 늙어질라。

거울은 거울은 언니나 보렴
할머니가 보시면
늙어질라 거울이 거울이 늙어질라。

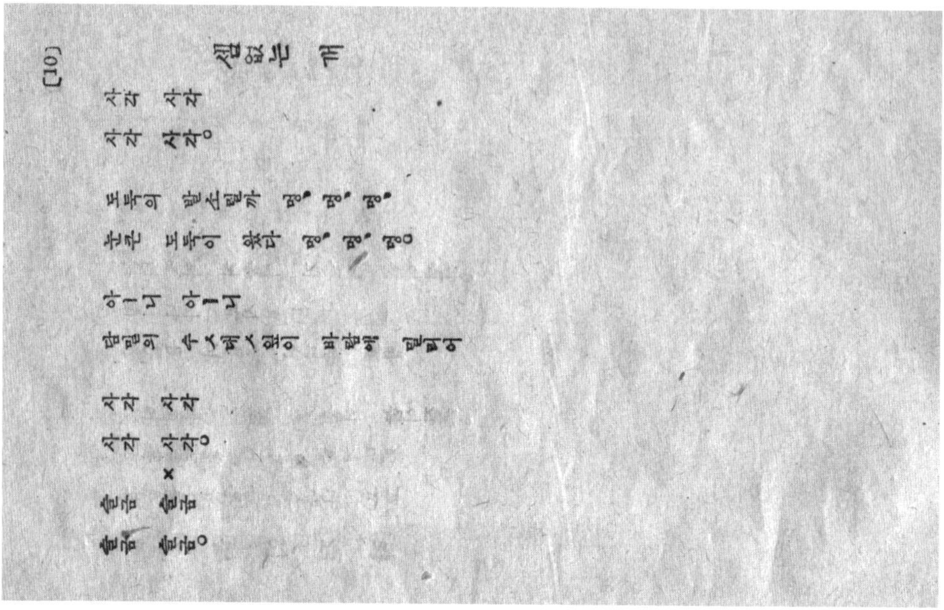

[10]

셈없는 개

사각 사각
사각 사각。

도둑의 발소릴까 멍, 멍, 멍,
눈큰 도둑이 왔다 멍, 멍, 멍。

아―니 아―니
담밑의 수ㅅ대ㅅ잎이 바람에 밀리어

사각 사각
사각 사각。
×
슬금 슬금
슬금 슬금。

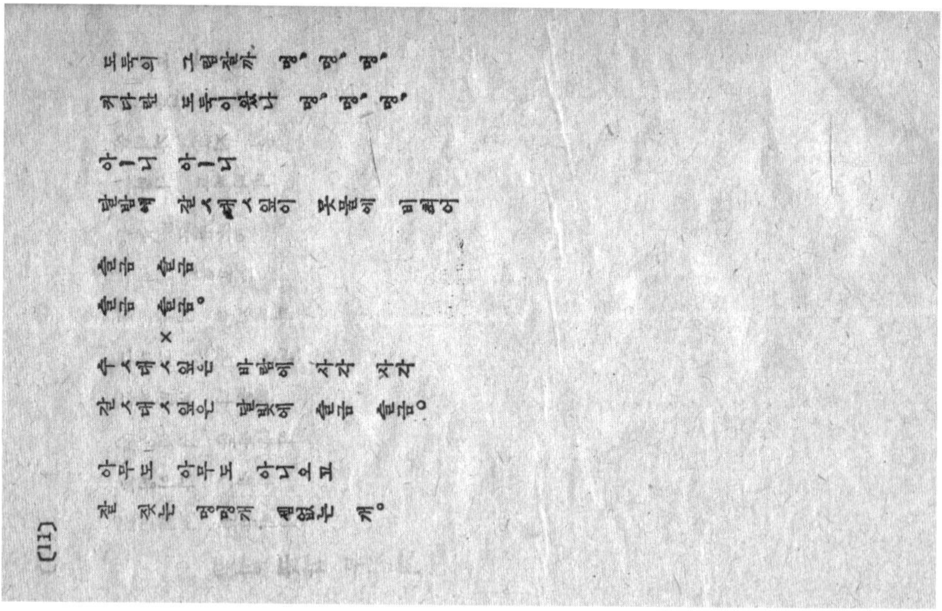

[11]

도둑의 그림잘까 멍, 멍, 멍,
커다란 도둑이왔나 멍, 멍, 멍,

아―니 아―니
달밤에 갈ㅅ대ㅅ잎이 못물에 비최어

슬금 슬금
슬금 슬금。
×
수ㅅ대ㅅ잎은 바람에 사각 사각
갈ㅅ대ㅅ잎은 달빛에 슬금 슬금。

아무도 아무도 아니오고
잘 짖는 멍멍개 셈없는 개。

〔12〕

꽃감 꽃감 무섭지

뒷산에서 뒷산에서
호랑이가 오실라
앞산에서 앞산에서
도깨비네 나올라
그래도 자꾸 우니
꽃감주께 우지마라
그제야 울보는
우름 그쳤소。
호랑이 도깨비비
쓸데가 없지
꽃감꽃감 한테는
어림도 없지。

〔13〕

눈 물

소롱 소롱 풀잎의
하얀 이슬은
구름발의 삼형제
별님의 눈물。
저산 넘어 뭍ㅅ작이
탱자남에서
열매 따다 길 잃고
울었다지오。
산ㅅ골 동내 잣나무
수풀 속에서
부엉소리 무서워
울었다지오。

〔14〕

가을ㅅ밤

계 수 영

가을의 달ㅅ밤은 쓸쓸하지요
우수수 밤ㅅ바람에 나무ㅅ잎 울고
하늘엔 어린별이 치워 떨고요
풀숲엔 실벌레가 슬피 웁니다。

가을의 달ㅅ밤은 서러운 달ㅅ밤
기러기 잠든하늘 울며 가면은
멀리간 오빠도요 이밤하늘볼
기러기 바라보며 한숨 지겠지。

〔15〕

봄 꿈

고 장 환

눈도끝힌 달밤에 고이자면서
새파란 봄의 꿈을 보았습니다。
봄님이 먼곳에서 바람시키어
꽃나비와 새들을 보냈습니다。

봄솟맞일 달밤에 고이자면서
두번째 봄의 꿈을 보았습니다。
파릇 파릇 싹들이 눈우에 나고
방긋 방긋 새들이 짓었습니다。

[16]

나 발 꽃

앞뜰의 나발꽃이 아침만 되면
고개 들고 일어나 소리합하야
하나 둘 셋 넷 아침됐다고
라라라 라라라라 나팔 붑니다。

뒤ㅅ뜰의 나발꽃이 아침만 되면
자짓빛 얼골 들고 웃음웃으며
아가씨 도련님들 일어나라고
라라라 라라라라 나팔 붑니다。

앞뒤ㅅ뜰 나발꽃이 아침만 되면
해도 뜨기 전부터 먼저 일어나
일제히 나팔 들고 아침됐다고
라라라 라라라라 나팔 붑니다。

[17]

적은 물ㅅ결

흘너가는 은하수에 적은 물결아
누가 너를 띄어 밀며 가라하더냐
옛날에도 옛적부터 누가 쫓는지
다라날 길 정합없이 밀며가지요。

졸졸졸졸 노래하는 적은 물ㅅ결아
무엇보고 그리기때 웃고만 가니
같이가는 동무들의 춤 추는것과
비틀거려 가는것이 자미있지요。

적은 파도 일으키는 적은 물ㅅ결아
쪽포 맞고 어디까지 흘러만 가니
붕어 타고 용궁나라 구경하고서
푸른바다 달님 계신 그곳가지요。

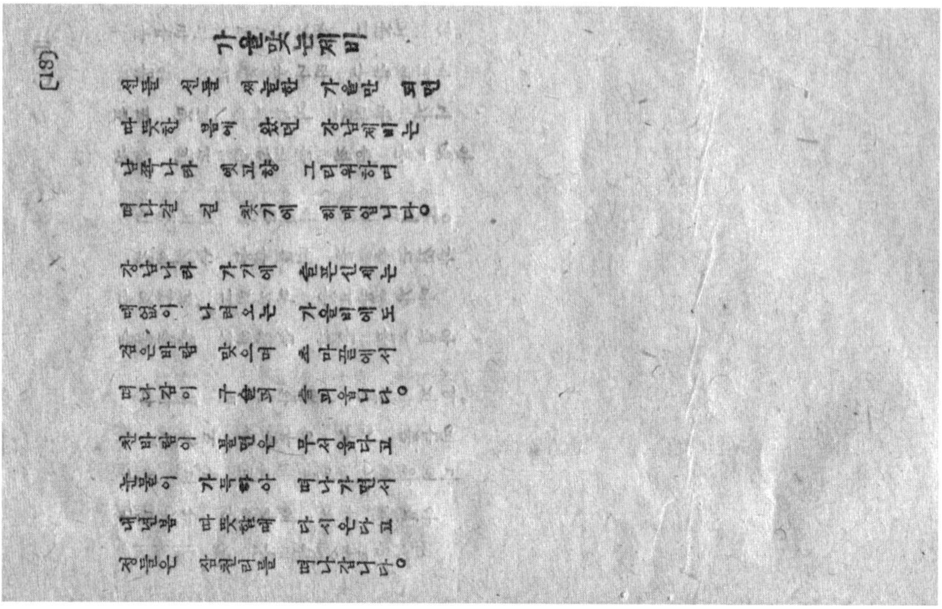

〔18〕

가을맞는제비

선들 선들 써늘한 가을만 되면
따뜻한 봄에 왔던 강남제비는
남쪽나라 옛고향 그리워하며
떠나갈 길 찾기에 헤매입니다。

강남나라 가기에 슬픈신제는
때없이 나려오는 가을비에도
검은바람 맞으며 초마끝에서
떠나감이 구슬퍼 슬퍼웁니다。

찬바람이 불면은 무서웁다고
눈물이 가득하야 떠나가면서
내년봄 따뜻할때 다시온다고
정들은 삼천리를 떠나갑니다。

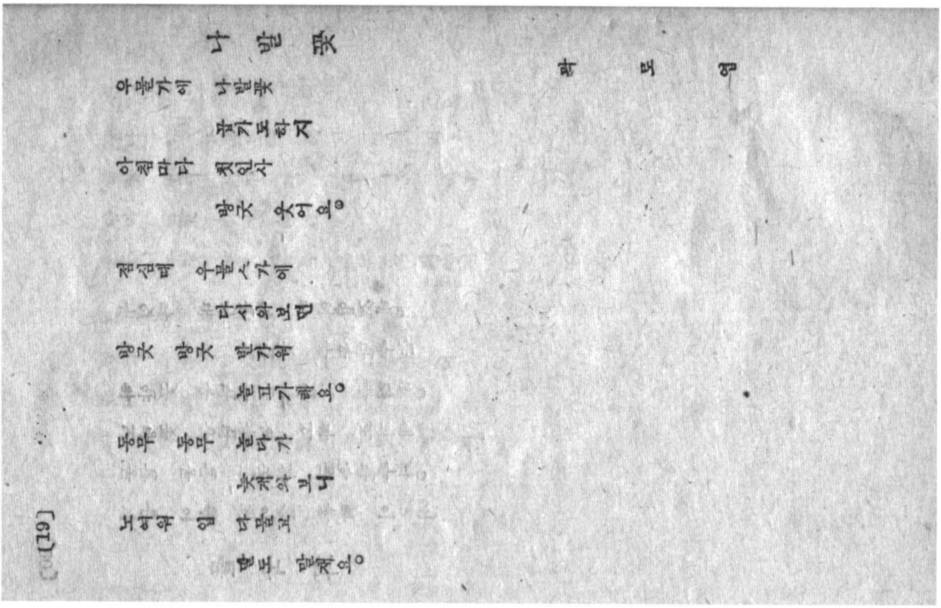

〔19〕

나발꽃

곽모엽

우물가에 나발꽃
꿀가도하지
아침마다 첫인사
방긋 웃어요。

점심때 우물스가에
다시와보면
방긋 방긋 반가워
놀고가래요。

동무 동무 놀다가
늦재와보니
노여워 입 다물고
말도 말재요。

〔20〕

들 국 화

가을 이슬 찬이슬 흠빡 이고서
동굴 동굴 들국화 금옥단추다。
노랑꽃 금단추는 오빠 조끼에
하얀꽃 옥단추는 언니 주려네。
저기 저기 빨간꽃 주옥단추는
두엇다 내저골에 다러입겠네。

〔21〕

꽃나무마다

권 오 순

꽃나무야 꽃나무야 아침 맘마 머—
햇빛 반짝 아침이다 아침 맘마 머—
맘마 먹고 어서 빨리
분홍· 노랑 알록 달록 예쁜꽃· 펴야지。

꽃나무야 꽃나무야 저녁 맘마 머—
별이 총총 밤이란다 저녁 맘마 머—
맘마 먹고 어서 커서
파랑 빨강 알록 달록 고은꽃 펴야지。

(22)

구 슬 비

송알 송알 싸리ㅅ잎에 은구슬
조롱 조롱 거미줄에 옥구슬
대롱 대롱 풀ㅅ잎마다 총총총
방긋 웃는 꽃ㅅ잎마다 송송송
고이 고이 오색실에 꿰어서
달빛 새는 창문ㅅ가에 두라고
포슬 포슬 구슬비는 온종일
예쁜 구슬 맺히면서 솔솔솔。

(23)

바다 저편

김 안 서

바다 건너 저편엔 사시 꽃 피고
파랑새가 즐거히 노래 한다고
어제밤 어머님이 하신 이야기
꿈에 보고 반가워 구경 떠났네。

바라보니 바다는 넓기도 넓어
발끝을, 뜰을 딛고 암만 보아도
가물 가물 물우엔 흰돛이 돋고
바다 건넌 안뵈네 날만 저물고。

註 사시=四時, 봄 여름 가을 겨울을 말함。

[24]

연 분 홍

봄 바람 하늘 하늘 넘 노는 길에
연분홍 살구꽃이 눈을 틉니다

연분홍 송이 송이 못내 반가워
나비는 너훌 너훌 춤을 춥니다

봄 바람 하늘 하늘 넘 노는 길에
연분홍 살구꽃이 나붓깁니다

연분홍 송이 송이 바람에 지니
나비는 울며 울며 돌아 섭니다。

[25]

나는 좋아요

김 호 규

옥순이의 노래 소리 명창이래도
우리 오빠 글 소리가 나는 좋아요

앵화 도화 가진 꽃이 곱다하여도
우리 뜰에 무궁화가 나는 좋아요

고대 광실 일동의 집 좋다 하여도
초가 삼간 우리 집이 나는 좋아요

서리 동촌 인심 좋아 살기 좋대도
우리 고향 우리 동리 나는 좋아요

방울

김 계 담

아버지 타고간
말목에는요
방울이 쌍줄로
달려있지요.

바람이 스―사
불어오는데
달라당 달라당
방울소리가,

선잠든 내 귀에
들려오길레
여버지 오셨나
내다봤더니,

기대린 아버지
오시지않고
초마끝 풍경이
속였답니다.

아침 바다

김 경 묵

둥근 햇님 간밤에 용궁에 자고
아침바다 동쪽에 떠오를때에
방실 방실 햇님의 예쁜웃음은
아침바다 물우에 꽃이 핍니다.

고기잡이 떠나는 돛단 배에도
분홍꽃을 가득히 싣고가구요
꿈을 깨인 갈매기 하얀 등에도
분홍꽃을 업고서 날러 갑니다.

〔28〕

종이배

김 광 윤

서ㅅ쪽 하늘 붉으데 구름꽃 피고
엄마 잃은 갈매기 슬피 우는데
물소리 조용해진 이강변에서
종이배가 두둥실 떠났습니다。

나젊은 어린 개미 두분실고서
돛대도 아니달고 홀로 떴어요
해 저문 자녀에 바람은 찬데
구비 구비 돌아서 어데또 가낭。

〔29〕

잔물ㅅ결

김 기 주

잔물ㅅ결이 춤 춘다
나풀 나풀 춤 춘다
고은 바람 따라서
나풀 나풀 춤 춘다。

잔물ㅅ결이 웃는다
방긋 방긋 웃는다
금빛 햇님 반기며
방긋 방긋 웃는다。

[30]

가을ㅅ밤

깊어가는 가을ㅅ밤 쓸쓸한 밤에
들창문을 두드린게 누구일까요,
찬바람에 쫓겨온 나무ㅅ잎이지。
찬바람에 쫓겨온 나무ㅅ잎이지。

깊어가는 가을ㅅ밤 고요한 밤에
작고 작고 부르는게 누구일까요,
잘곳없이 헤매는 귀뜨라미지。
잘곳없이 헤메는 귀뜨라미지。

깊어가는 가을ㅅ밤 외로운 밤에
문창으로 엿보는게 누구일까요,
나무 우에 새파란 달아가씨지。
나무 우에 새파란 달아가씨지。

[31]

까치야

김기전

까치야 까치야 바람이 분다
감나무 가지에 바람이 분다
감나무 잎사는 어디로 가고
바람이 네집을 건너 다니노。

까치야 까치야 바람이 운다
저녁의 찬바람 가지에 운다
감나무 가지에 홀어미까치
올겨울 나기에 쓸쓸하겠네。

〔32〕

보리피리

김 대 봉

보리 이삭 돋아 나면
종달새 간다지
떠나는 그날에도
보리피리 불어 주마。

〔33〕

건넌 마을

바람은 서늘히
달도 밝은 밤
쓸쓸한 움집에
외로운 밤에
강건너 마을만
바라 봅니다。

저 멀리 집뜰에
외로운 뜰에
동무는 하나도
나오지 않어
반짝 반짝 등ㅅ불만
헤어 봅니다。

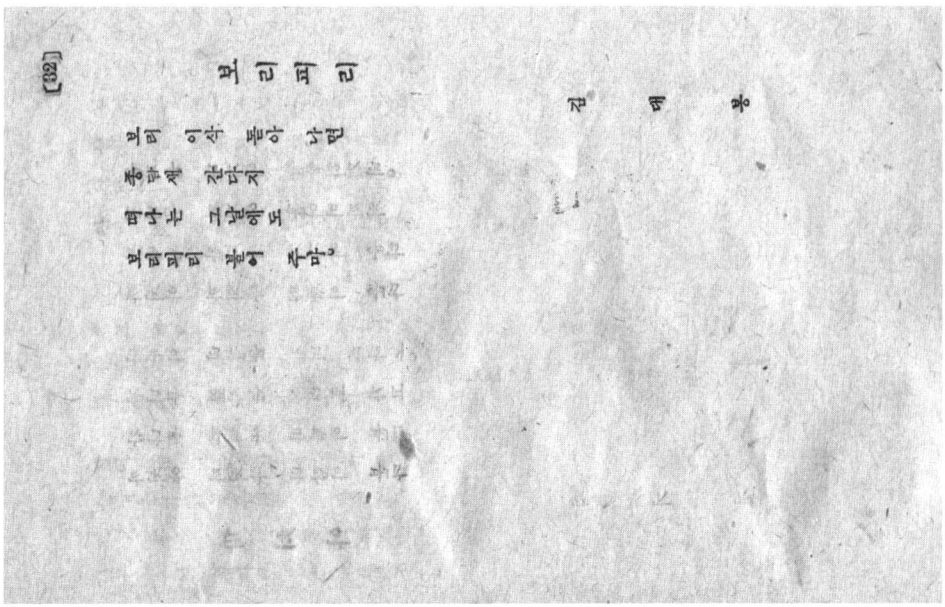

〔34〕

나루ㅅ배

낙동강 나루ㅅ배 밤동선 되면
오가는 사람들 많기도하네。

어둑어둑 새벽엔 백명 떠나면
어둑컴컴 저녁엔 천명 들오네。

날고 드는 백천명 헤어보지만
한번 떠난 울아빠 올줄 몰으네。

〔35〕

고기약과 떼우고

김 도 집

뒷집 할멈 환갑날 구경 갔다가
고기 고기 한조각 얻어가지고
엄마하고 나하고 먹으렸드니
심술쟁이 개한테 그만 떼웠지。

뒤ㅅ집 총각 잔치ㅅ날 구경 갔다가
약과 약과 한조각 얻어가지고
엄마하고 나하고 먹으렸드니
도적괭이 한테요 그만 떼웠지。

[36]

도련님 당신은

…… 김 동 환

배추 밭에 파랑새 날고
앵두 남에 빨간 앵두 다람 다람 달리고
제비 재잘거리며 날아들때
그런 봄이 오면 도련님 당신은 춤 추겠지요。

장태우에 오색 무지개 솟고
보리밭에 매아미 매암 매암 울며
강변에 흰 물새 숨박꼭질하는
그런 여름이 오면 도련님 당신은 노래 부르겠지요。

호박밭에 노랑 호박 업디고
뒷 장태에 보름 달이 이깔나무에 걸처 있고
국화꽃도 한숨 쉬며 뚝뚝 떠러지는

[37]

그런 가을이 오면 도련님 당신은 울겠지요。

물방아에 하-얀 고드름이 달리고
오양ㅅ간 당나귀 춥다고 널마루 구르며
산에 들에 함박눈이 퍼붓는
그런 겨울이 오면 도련님 당신은외롭겠지요。

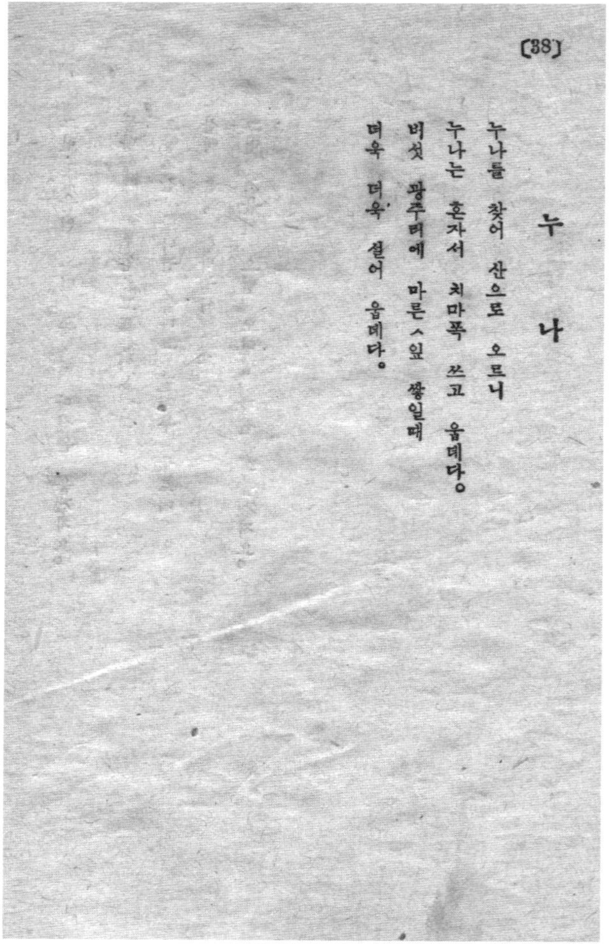

[38]

누 나

누나를 찾어 산으로 오르니
누나는 혼자서 치마폭 쓰고 웁데다。
버섯 광주리에 마른ㅅ잎 쌓일때
더욱 더욱 설어 웁데다。

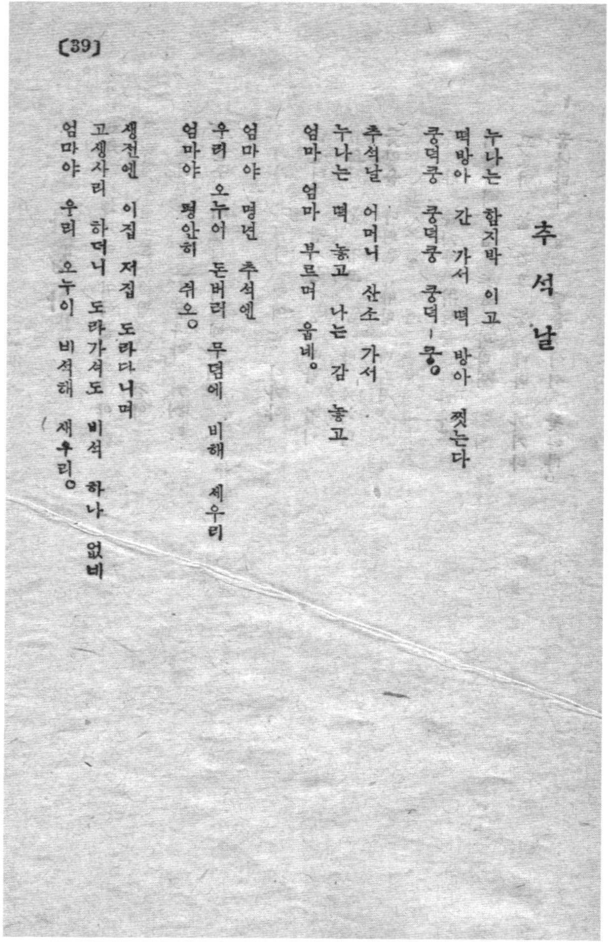

[39]

추 석 날

누나는 함지박 이고
떡방아 간 가서 떡 방아 찟는다
쿵덕쿵 쿵덕쿵 쿵덕-쿵。

추석날 어머니 산소 가서
누나는 떡 놓고 나는 감 놓고
엄마 엄마 부르며 웁네。

엄마야 명년 추석엔
우리 오누이 돈버러 무덤에 비해 세우리
엄마야 평안히 쉬오。

생전엔 이집 저집 도라다니며
고생사리 하더니 도라가셔도 비석 하나 없네
엄마야 우리 오누이 비석해 세우리。

(40)

자장가

자거라 자거라 귀여운 아가야
꽃속에 잠 드는 범나비 같이
고요히 눈 감고 꿈나라 가거라
하늘우 저별이 자질때까지。

자거라 자거라 귀여운 아가야
금잔디에 잠자는 봄 바람 같이
고요히 눈 감고 꿈나라 가거라
꽃잎을 나리는 바람 따라서。

자거라 자거라 귀여운 아가야
버들속에 잠 드는 파랑새 같이
고요히 눈 감고 꿈 나라 가거라
꿈나라의 앵도 밭을 어서 찾어라。

(41)

바다

김병호

바다 바다 넓은 바다 가 없는 바다
바람 부는 아침이나 비오는 저녁
바다물은 사람 사는 세상 그리워
출렁 출렁 물손 치며 놀리웁니다
바위에 부디쳐서 몸을 깨면서
아지못할 소리로 동무 불으며。

바다 바다 넓은 바다 가 없는 바다
저기 저기 흰돛배는 어선일런가
북을 둥둥 울리면서 노래 불으며
갈매기 떼 도는 섬 지나갑니다
아침 저녁 밥짓는 연기 나더니

비ㅅ바람 치는 밤에 사람 불으네。

바다 바다 넓은 바다 가 없는 바다
저 바다를 건너 가면 딴세상일까
울아버지 그 세상에 살아 계실까
바람 심한 어느날에 떠나시면서
고기 많이 잡아 오마 떠나시더니
한번 가서 못오시는 불부귀라네。

가 을

김 사 엽

오동ㅅ잎새 한ㅅ잎 두잎 떠러지는 밤
주추돌 밑 귀뜨라미 구슬피 울고
나무ㅅ잎에 달빛이 새여나릴제
사뿐사뿐 가을은 차저옵니다。

물방아터 옛못에 갈ㅅ잎 덮이고
곱게 곱게 나무 풀ㅅ잎 물드러지면
재파란 하늘는 높아기고요
사뿐사뿐 가을은 차저옵니다。

[44]

내 일

김 석 영

어머니 내일이 언제요
내일이 언제요
밤 자면 내일이래기
밤 자고 나니
내일이 아니고 오늘이여요
어머니 내일이 언제요
왜 날마다 속이요
날마다 밤자면 내일이래며
자고 나면 또 자야 내일이라하나
아! 내일은 언제일가?
내일은 언제일가?

[45]

조 각 달

넓고 넓은 구름 바다
의대 백이 조각달
잘도 잘도 헤여 가네
넘실 넘실 이는 물ㅅ결
까불 까불 잘도 헤네。
넓고 넓는 구름 바다
와대백이 조 달
잘도 잘도 헤해 가네
올망 졸망 뭇 별 바위
요리 조리 잘도 헤네。
넓고 넓은 구름 바다
의 백이 조각달
잘도 잘도 거슬르네
해해 휘휘 안는바람
주츰 주츰 잘도 가네。

〔46〕

분 나 무

김 성 도

분꽃은 붉어도
열매는 깜해요
열매는 깜해도
속만은 희지요。

조고만 열매를
많이 많이 쪼개서
잘웃는 이쁘니
분 발러 줄까요。

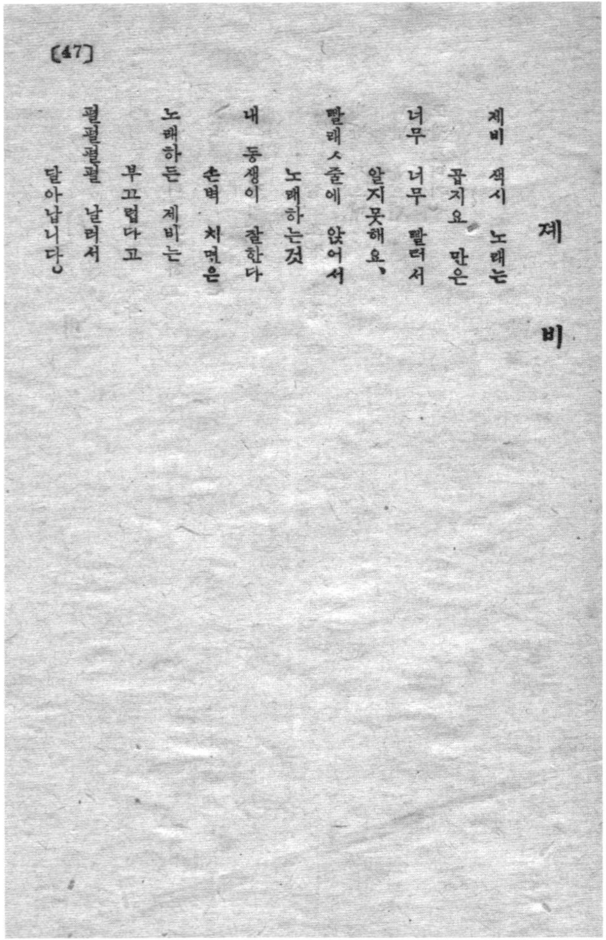

〔47〕

제 비

제비 색시 노래는
곱지요 만은
너무 너무 빨러서
알지못해요、
빨래ㅅ줄에 앉어서
노래하는것
내 동생이 잘한다
손벽 치면은
노래하든 제비는
부끄럽다고
펄펄펄펄 날러서
달아납니다。

(48)

시 계

재각 재작 재작 재각
했든 소리 또 하고
했든 소리 도 하는
잔소리 쟁이。

조잘 조잘 조잘 조잘
밥만 먹으면
배만 불으면
조잘거리지。

(49)

시내ㅅ물

김성칠

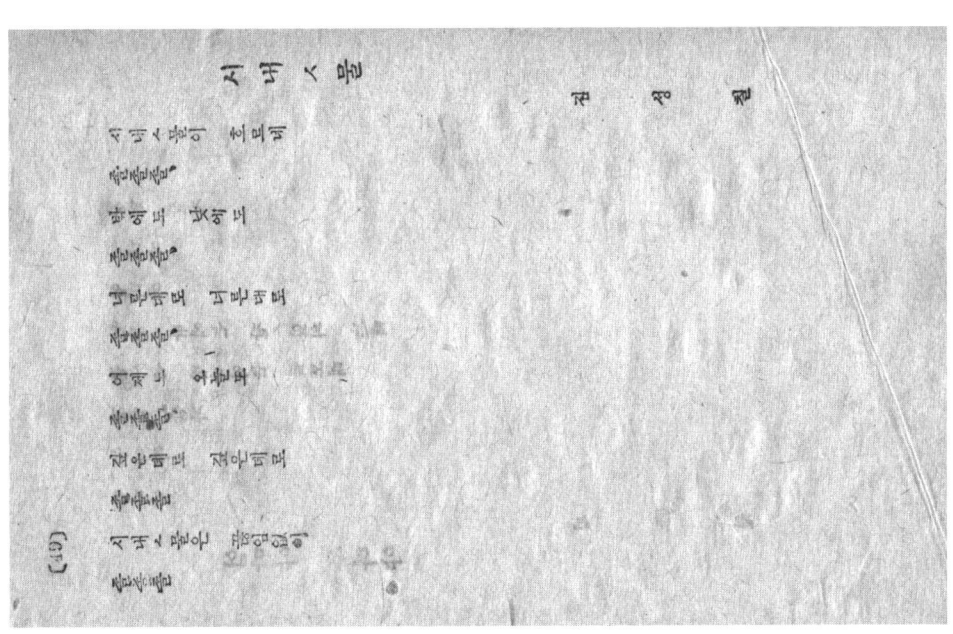

시내ㅅ물이 흐르네
졸졸졸、
밤에도 낮에도
졸졸졸、
너른대로 너른대로
졸졸졸、
어제노 오늘도
졸졸졸、
깊은데로 깊은데로
졸졸졸
시내ㅅ물은 끊임없이
졸졸졸

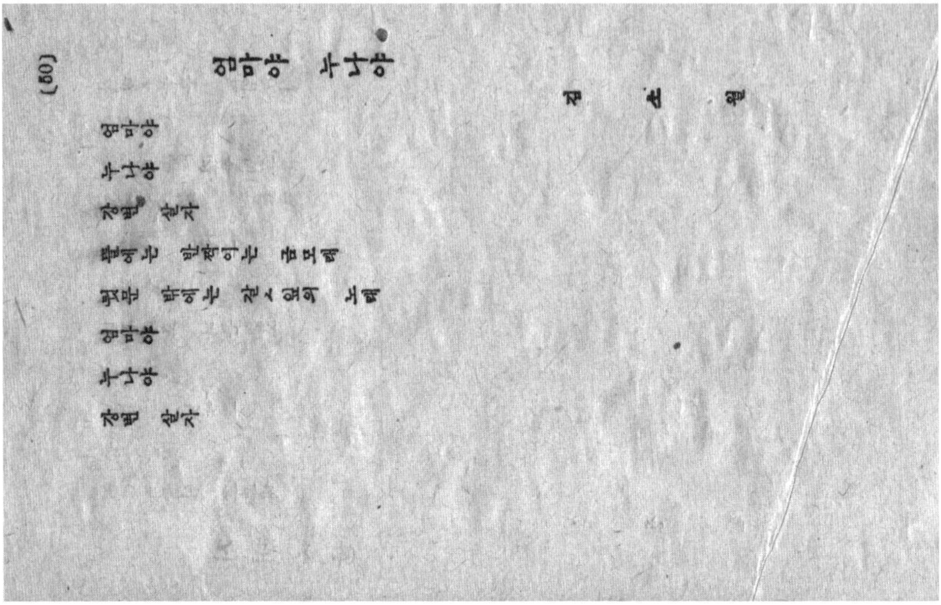

(50)

엄마야 누나야

김 소 월

엄마야
누나야
강변 살자
뜰에는 반짝이는 금모래
뒷문 밖에는 갈ㅅ잎의 노래
엄마야
누나야
강변 살자

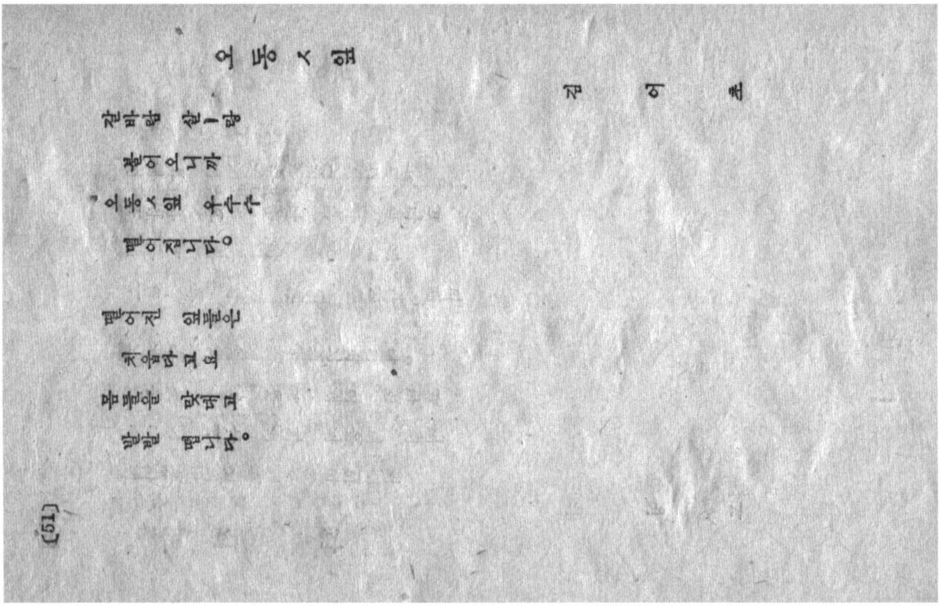

(51)

오동ㅅ잎

김 어 초

갈바람 살ㅣ랑
불어오니까
오동ㅅ잎 우수수
떨어집니다。

떨어진 잎들은
치웁다고요
몸들을 맞대고
발발 떱니다。

[52]

전화

김영도

제비들 전선줄에 올라앉어서
먼데서 오는 전화 저들이 먼저
남몰래 살짝 듣고 재미 있다고
지재잘 지지재잘 짓거립니다。

오는 말 가는 말을 듣고난 제비
저들도 강남나라 동무들에게
조선땅 살기 좋다 전화 한다고
지재잘 지지재잘 짓거립니다。

[53]

여름

김영도

도라지 캐러간 보구미 속에
나리꽃 메꽃이 왠일인가요
  탈탈탈 그러기에 여름이지요。

쿵더쿵 방아가 춤을 추는데
마질 간 누나는 왜 안올가요
  탈탈탈 그러기에 여름이지요。

새떼가 우루루 몰켜 드는데
꼴베든 머슴은 어델 갔나요
  탈탈탈 그러기에 여름이지요。

종다리 하늘서 재줄 넘고요
베짜든 색시가 노래들하면
  탈탈탈 여름이 다더 온다

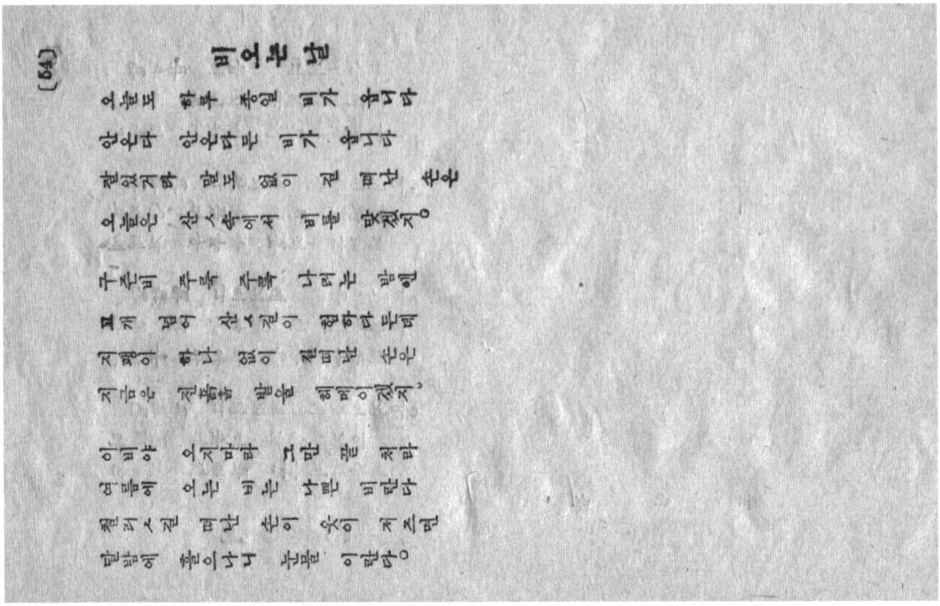

(54)

비오는 날

오늘도 하루 종일 비가 옵니다
안온다 안온다든 비가 옵니다
잘있거라 말도 없이 길 떠난 손은
오늘은 산ㅅ속에서 비를 맞겠지。

구즌비 주룩 주룩 나려는 밤엔
고개 넘어 산ㅅ길이 험하다든데
지팽이 하나 없이 길떠난 손은
지금은 진흙흙 발울 헤메이겠지,

이비야 오지마라 그만 끌 처라
여름에 오는 비는 나쁜 비란다
천리ㅅ길 떠난 손이 옷이 저즈면
달밤에 흘으나니 눈물 이란다。

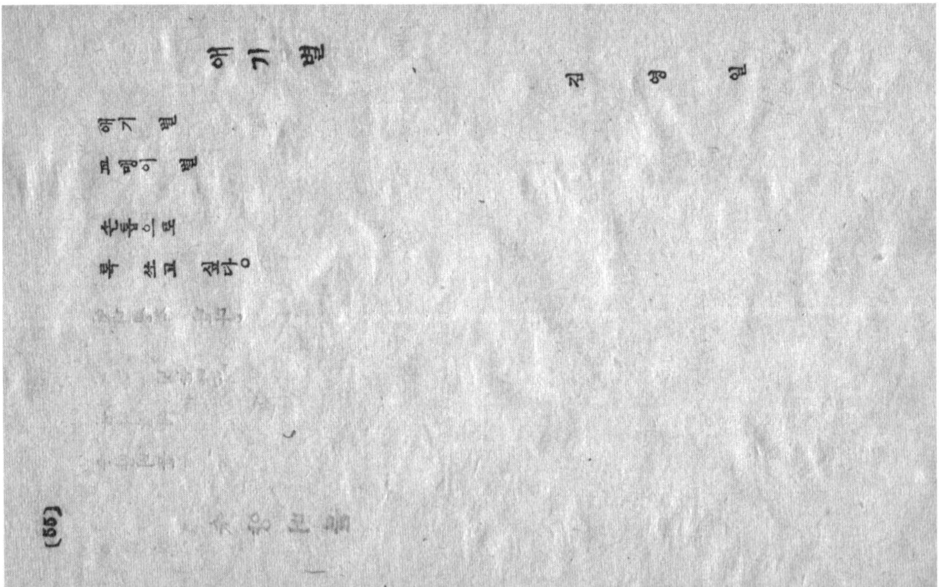

(55)

애기 별

김 영 일

애기 별
꼬맹이 별

손톱으로
톡 쏘고 싶다。

〔56〕

수양버들

수양버들
봄바람에
머리 빗는다。
언니생각 난다。

〔57〕

다람쥐

산ㅅ골 작에
애기 다람쥐
도토리 번도 갓고
원족 간다。
다람쥐야
팔따
재주나 한번 넘어라。

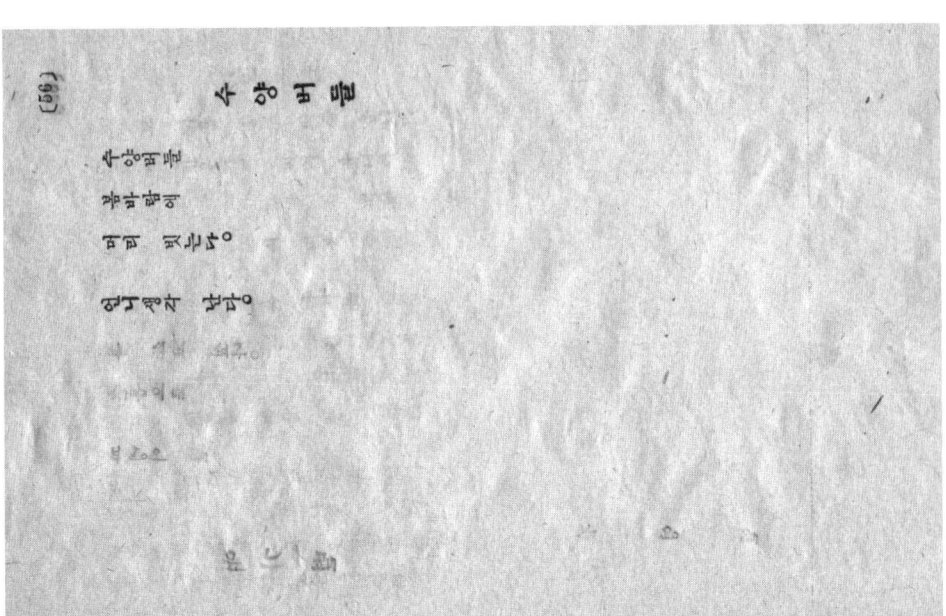

(58)

병아리

병아리 병아리
애기 병아리
고 노래 어디서 배웠니,

나 보다도 잘 하고
언니 보다도 잘 하고,

병아리야 병아리야
우리집 병아리야
창가선생 나가세.
창가선생 나가세.

(59)

참새체조

전선줄에 참새 병정
　　나라니 앉어
짹짹짹짹 짹짹짹짹
　　전보 치지요
참새 대장 죽었다고
　　짹짹짹짹
북간도 본부로
　　전보 치지요

[60]

산ㅅ골 동리

산ㅅ골 동리 옛동리
나 살든 동리
욹읏 붉읏 꽃동산
꾸며는 동리、

어깨 동무 짝작궁
노래 부르고
버들피리 만드러
노래 부르고、

집 떠나 온지가
십년이 돼도

[61]

언제나 잊지 못할
산ㅅ골 동리。

오늘도 산ㅅ골 동리
그리워서요
해 지는 저산 밑을
바라봅니다。

구두 발자욱

하이얀 눈우에
구두 발자욱
바둑이와 같이간
구두 발자욱、

누가 누가 새벽 길
떠―나 갔나
외로운 산길에
구두 발자욱

바둑이 발자욱
소복 소복

도련님 따―라
새벽 길 갔나、

길손 드문 산길에
구두 발자욱
겨울해 다가고
혼자 남었네。

(64)

고향생각

김유안

저산 넘어 새파란 하늘 아래는
그리운 내 고향이 있으련마는
철리 말리 먼 땅에 떠난 이몸은
고향 생각 그리워 눈물 짓누나。

버들 숲 두던에 모여앉어서
풀피리 불며 놀든 그리운 동무
지금은 어데서 무엇을하나
생각사록 내 고향이 그립습니다。

(65)

아가야 어서 자거라

아가야 울지 말고 어서 자거라
자장가 고은노래 귀에 잠그고
내 품에 고이 고이 잠들어 다오。

잠나라 꿈나라 어여쁜나라
오색 꽃 피어서 나비 춤 추고
파랑새 노랑새 노래 한단다。

아가야 울지 말고 어서 자거라
고은손 토닥 토닥 안아주는데
내 품에 해죽 해죽 잠들어 다오。

잠나라 꿈나라 어여쁜나라
오색 열 밝은 달 기러기 날고
은하수 고기떼 춤 추며 논다。

[66]

눈 꽃

꽃 지고 잎떨어진
 헐벗은 나무
다사로운 봄을 봄을
 꿈꾸드니만
오늘 아침 송이 송이
 흰눈꽃송이
나무 나무 가지 마다
 피였습니다。
앵노나무 가지에도
 하얀 꽃송이
살구나무 가지에도
 하얀 꽃송이
송이 송이 흰눈꽃이
 아름답다고
지줄 지줄 참새들이
 노래합니다。

[67]

우 리 집

김 철 수

바다 건너 오천리 가기막하면
울타리에 호박넌출 시들어지고
지붕우엔 휘박들이 고히 잠 자는
오막사리 우리집 한채 있지요。

엄마 아빠 일터로 간 빈집에는요
양지 짝에 어린 동생 홀노 앉어서
엄마 그린 작은 눈 깜박어리며
말도 없이 푸른 하늘 처다 보겠지。

(68)

짚 신 짝

김 청 엽

돌배나무 가지에 걸린 짚신짝
돌배꼭지 익어서 떨어저도요
대롱대롱 혼자서 춤만 추지요。

돌배나무 가지에 걸린 짚신짝
가을바람 불어서 잎은 저도요
찬서리를 마지며 혼자운다오。

돌배나무 가지에 걸린 짚신짝
지난해에 언니가 돌배 치다가
거리놓고 가신뒤 왜 안올가요。

(69)

소꼽질하다기

깔보면 깔보라지 누가 어쩌나
제 잘못해 선생님께 꾸중 듣고서
　애꾸진 나에게 성풀이할래!。
안놀면 고만이지 누가 놀자나
소꼽노리 밥그릇에 제가 손 비고
　깨진것 가지 왔다 나만 깔보네!。
까시구 꼬시구 누가 뭐라나
얼핏하면 죄 둘러 부시긴 웨해
　그러면 누구가 무서울가봐!。
울겠으면 울라지 누가 때렸나
저 혼자 성 나서 울고 가는것
　말니긴 뭘 말려 나도 간다나!。

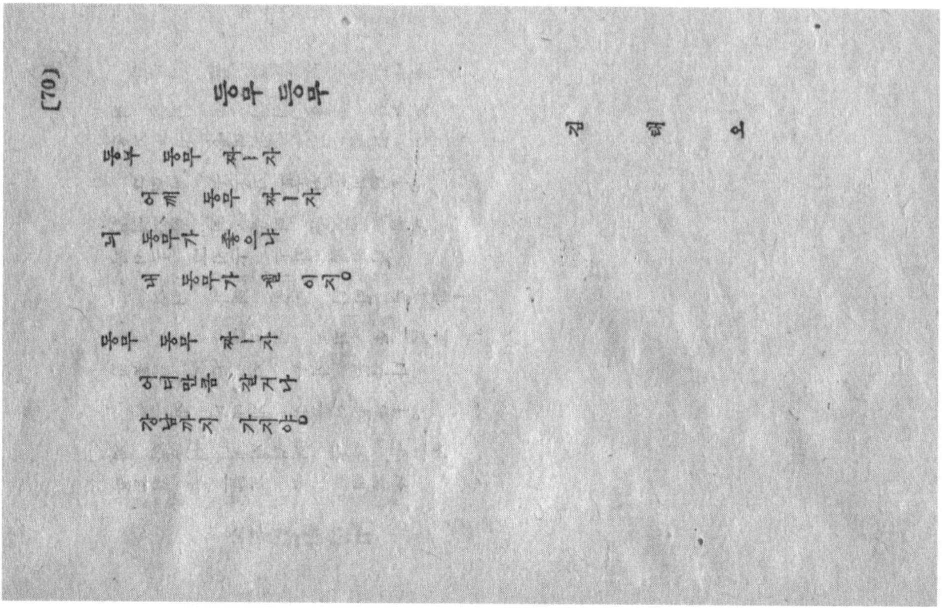

〔70〕

등무 등무

김 태 오

동무 동무 짜ㅣ자
  어깨 동무 짜ㅣ자
뇌 동무가 좋으냐
  내 동무가 젤 이징

동무 동무 짜ㅣ자
  어더만큼 갈거나
  강남까지 가지양

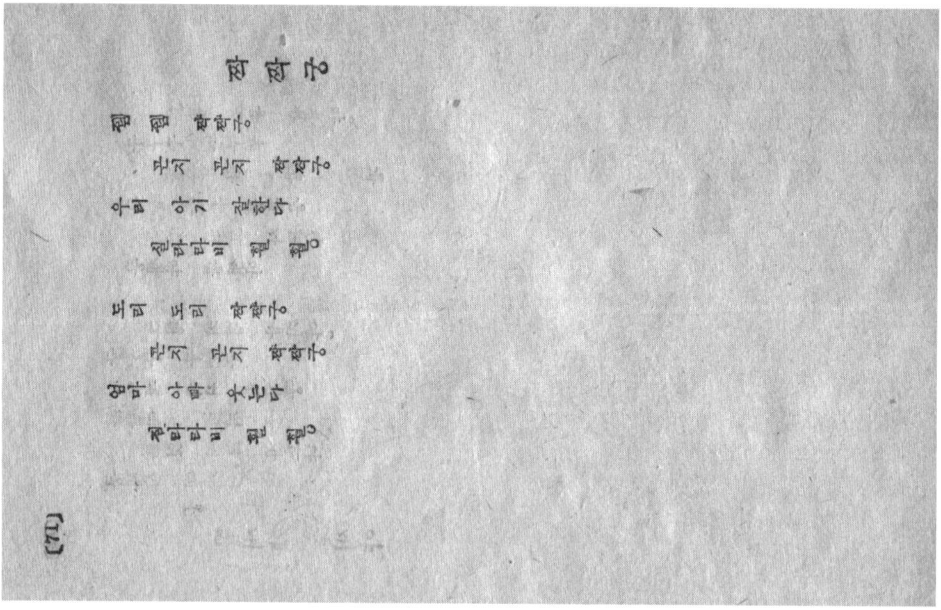

〔71〕

짝짝궁

젬 젬 짝짝궁
  곤지 곤지 짝짝궁
우리 아기 잘한다
  실라타비 훨 훨ㅇ

도리 도리 짝짝궁
  곤지 곤지 짝짝궁
엄마 아빠 웃는다
  질라타비 훨 훨ㅇ

〔72〕

콩새야 팥새야

콩새야 팥새야
무엇 먹고 사느냐
콩밭에서 먹자 콩
팥밭에서 먹자콩
구구구 구구구
그렁 저렁 살지야,

콩새야 팥새야
무엇 먹고 사느냐
콩을 물고 콩콩콩
팥을 물 팥 팥 팥
구구구 구구구
요롱 조롱 살지야。

〔73〕

꼬부랑이지

꼬부랑 꼬부랑
머이 꼬부랑
꼬부랑 지팽이
짚고 가는,
할머니 허리가
꼬부랑 이지。

꼬부랑 꼬부랑
머이 꼬부랑
꼬부랑 고개를
넘어 가는
외줄기 산ㅅ길이
꼬부랑 이지。

별 하나

별 하나 똑 따서 무엇을 할가
이마에 붙이고 구ㅣ어 먹지
그래 그래 그래라 동생하고 나하고
하나 둘 하나 둘 하나 둘 하나 둘。

별 하나 똑 따서 무엇을 할가
화로에 호ㅣ호 구ㅣ어 먹지
그래 그래 그래라 누나하고 나하고
달ㅣ콩 달ㅣ콩 달ㅣ콩 달ㅣ콩。

새잡으러 갈가나

새 잡으러 갈가나
　꿩 잡으러 갈가나
티드나무 참새가
　날 보라고 있네
성 났다 불 났다
　비드 낡에 불 났다
요롱 조롱 박조롱
　물총으로 뿌ㅣ뿌。

(76)

비야 비야 오너라

비야 비야 오너라
참새 동내에 불났당。

비야 비야 오너라
참새 지붕에 불났당。

(77)

달 밤

달도 달도 밝어서 놀기 좋고나
우리 동무 팔동무 함께 모여서
금방울 은방울 차고 다니며
달도 밝다 캥우캥 노래 부르자」

달도 달도 밝어서 놀기 좋고나
우리 동무 팔동무 어깨 짜고서
아랫 마당 웃 마당 뛰어다니며
달도 좋다 캥무캥 노래 부르자」

〔78〕

누가 오나요

아침 해가 방긋 웃고 솟아 올을때
뒤울밑 좁은 길로 누가 오나요
우리 엽집 간나이가 물동이 이고
한발 두발 조심스레 올라옵니다。

붉은 해가 누엿 누엿 넘어갈때에
앞남산 좁은 길로 누가 오나요
순돌이네 할미니가 솔방울 이고
꼬ㅣ부랑 꼬ㅣ부랑 나려옵니다。

〔79〕

눈사람

내가 맨든 눈사람 우숩고나야
몸집은 뚱뚱보요 키는 나쟁이
새캄한 콰우 눈을 부릅 뜨고서
여들팔자 수염을 뻗히인 꼴이。

내가 맨든 눈사람 우숩고나요
동산에 아침 햇님 솟아 올늘때
동생의 손목 잡고 학교 갈때면
우러 보고 생긋이 절하는 꼴이」

나는 좋아요

김 호 규

우순이의 노래 소리 명창이라도
우리 오빠 글 소리가 나는 좋아요。

앵화 도화 가진꽃이 곱다하여도
우리 뜰에 무궁화가 나는 좋이요。

고대광실 일동의 집 좋다하여도
초가삼간 우리집이 나는 좋아요。

서리동촌 인심 좋아 살기 좋대도
우리 고향 우리 동리 나는 좋아요。

영감님

남 궁 랑

주름살 턱 밑에 흰털 나고요
돗뵈기 안경 쓴 뒤ㅅ집 영감님
꼬부랑 허리에 지팽이 짚고
꼬부랑 꼬부랑 어델갑니까。

뒷동산 소나무 날이 갈사록
파르르 파르르 파래가는데
꼬부랑 영감님 턱 밑에 수염
나나리 갈사록 희여만 가네。

(82)

문 열어주어요

먼 하늘에 아기 별님 반짝이는데
귀뚤 귀뚤 귀뚤이가 찾어 왔어요
이슬 맺힌 풀밭에서 찾어 왔어요。

어서 어서 도련님 문 열어 줘요
문지방에 귀뚤이가 울고 있어요。

싸느르르 가을바람 불어 오는데
찌롱 찌롱 찌롱이도 찾어 왔어요
풀밭에서 혼자 놀긴 눈물이 나요。

어서 어서 도련님 문 열어 줘요
문지방에 찌롱이가 울고 있어요。

(83)

공장 굴뚝

키꺽다리 공장 굴뚝 얄미운 굴뚝
남다 자는 첫재벽에 울고 또 우네。

으렁으렁 주전없게 소리 지르면
누가 누가 잘났다고 말할줄 아나。

키꺽다리 공장 굴뚝 얄미운 굴뚝
첫새벽에 시름없이 울고 울지만
신볼히며 고무공장 가는 누나는
벽에 나가 변또밥을 싸신답니다。

키꺽다리 공장 굴뚝 얄미운 굴뚝
언제든지 보기 싫은 키다리 굴뚝。

[84]

불 평 초

시내ㅅ물에 파―랗게 자라난 풀은
흘러가는 물우에서 살짝 폈다가
물우에서 소리없이 사라진다고
세상에선 부평초라 불러준데요。

해 저므러 들에 나간 어린 뭇새도
움ㅅ속에 들어가서 잠이 들것만
물우에 살아 가는 부평초만은
오늘밤도 물우에서 떠다닌데요。

[85]

풀벌레의 노래

쩌르롱 쩌르롱 쩡쩌르롱
따르롱 따르롱 당따르롱

살구나무 가지에 높은 가지에
노래하든 매암이 어데로 갔나。

씨르륵 씨르륵 썽씨르륵
싸르륵 싸르륵 쌍싸르륵

여름철에 즐겁게 아주 즐겁게
노래하든 매암이 어대로 갔나、

쏘로롱 쏘로롱 쏘로롱
즐거운 이슬 발 쑝쏘로롱

풀밭에서 즐겁게 부르는 노래
[illegible]티느야 매암아 대답해다오。

〔86〕

산울림

남대우

산에서
나무하다 심심해
「매산아ㅣ」
소리쳐 부르면,
건너편 산에서도
「매산아ㅣ」하고,
「거누구냐」
「거누구냐」
매산이는 숭내쟁이。
매산이는 숭내쟁이。

〔87〕

달노리

달도 달도 밝구나
호박꽃도 곱구나
동무 동무 모여라
달 노리 하장。

달도 달도 밝구나
별애기도 곱구나
동무 동무 모여라
달노리 하장。

[88]

박

산밑에 오막사리
작은 지붕에,

박이 둥굴 둥굴
박이 둥굴 둥굴

푸른ㅅ잎에 낯 가리고
잠이 들었나
잠이 들었낭。

아담한 오막사리
작은 지붕에,

박이 둥글 둥글
박이 둥글 둥글

흥부 놀부 얘하기다
잠이 들었나。
잠이 들었낭。

[89]

은구슬 금구슬

풀밭에 오롱 오롱 이슬방울은
별님이 내려 보낸 구슬이런가
빤짝 빤짝 은구슬 고이 고이 따다가
옷고롬에 달고서 이리저리 짝짝궁
하하하하 웃으며 도리도리 짝짝궁

꽃밭에 오롱 조롱 이슬방울은
별님이 내려 보낸 구슬이런가
빤짝 빤짝 금구슬 고이 고이 따다가
멀리칼에 달고서 요리조리 짝짝궁
노래 노래 부르며 도리도리 짝짝궁,

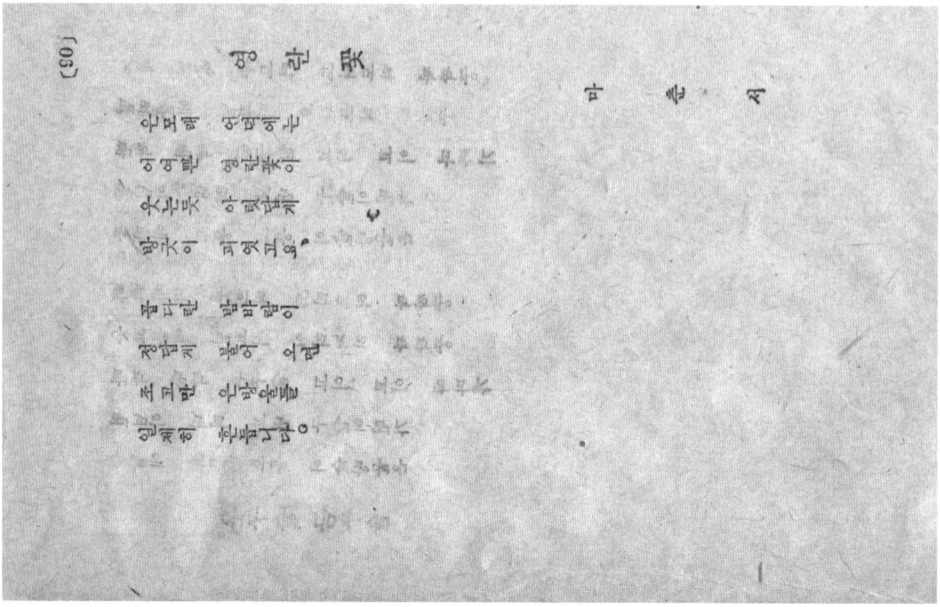
[90]

영란꽃

마춘서

은모래 언덕에는
어여쁜 영란꽃이
웃는듯 아릿답게
방긋이 피엿고요,

곱다란 밤바람이
정답게 불어 오면
조고만 은방울들
일제히 흔듭니다。

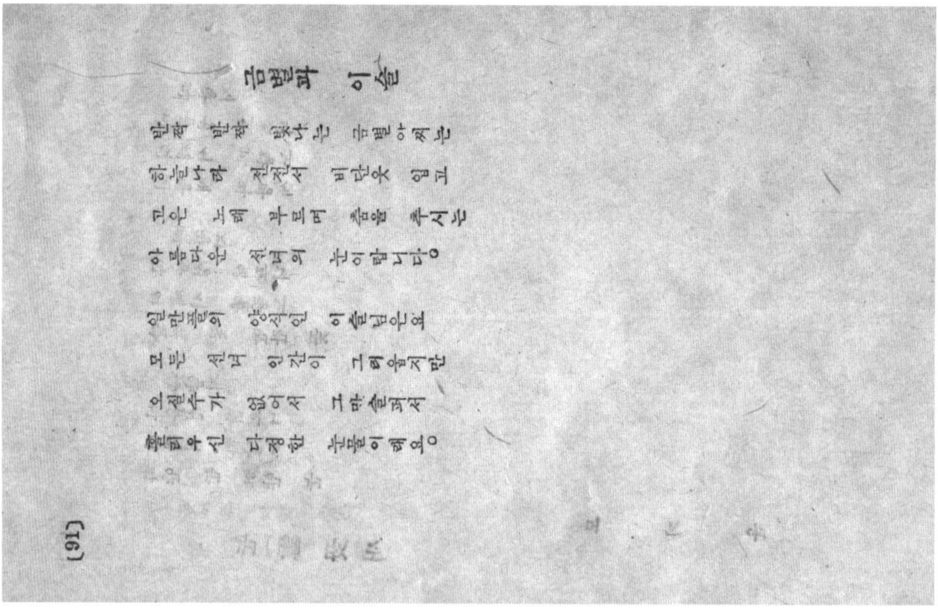
[91]

금별과 이슬

반짝 반짝 빛나는 금별아씨는
하늘나라 전전서 비단옷 입고
고은 노래 부르며 춤을 추시는
아름다운 선녀의 눈이랍니다。

일만풀의 양식인 이슬님은요
모든 선녀 인간이 그려웁지만
오실수가 없어서 그만슬퍼서
흘리우신 다정한 눈물이래요。

눈(雪)꽃새

모기윤

하얀 눈 하얀 눈
어째서 하얗노
마음성 맑으니
　하얗지。

빨간 꽃 빨간 꽃
어째서 빨갛노
마음성 예쁘니
　빨갛지

파랑새 파랑새
어째서 파랗노
마음성 고으니
　파랗지

꽃

꽃 꽃
나는 꽃이 좋아
어느꽃이고 나는 좋아
봄동산의 진달래
귀여웁고요
가을 뜰의 코스모스
사랑스러우니
꽃 꽃
나는 꽃이 좋아
어느 꽃이고 나는 좋아。

꽃 꽃

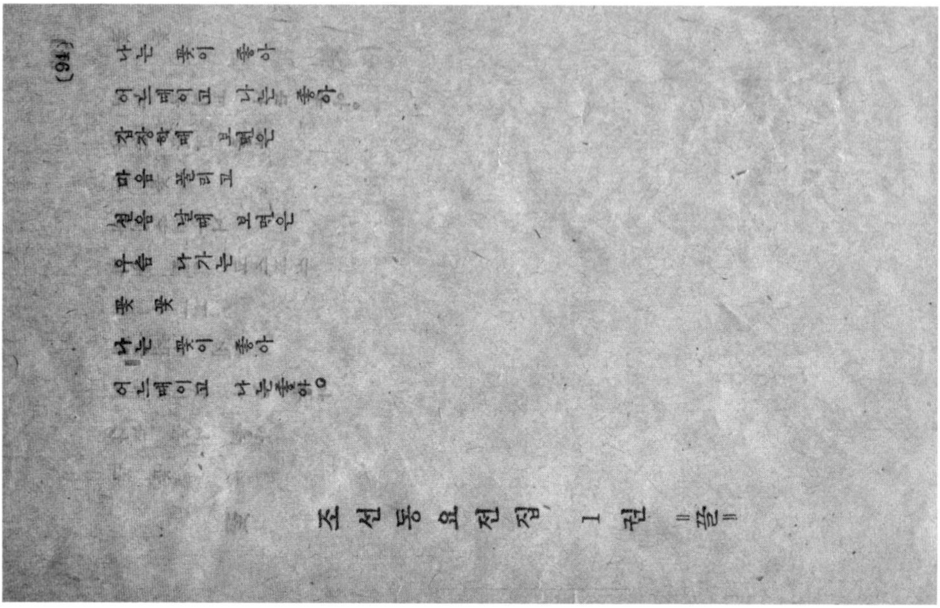
(94)

나는 꽃이 좋아
어느때이고 나는 좋아。
갑장하때 보면은
마음 풀리고
설움 날때 보면은
우숨 나가는
꽃 꽃
나는 꽃이 좋아
어느때이고 나는좋아。

조선동요전집 1권 ‖끝‖

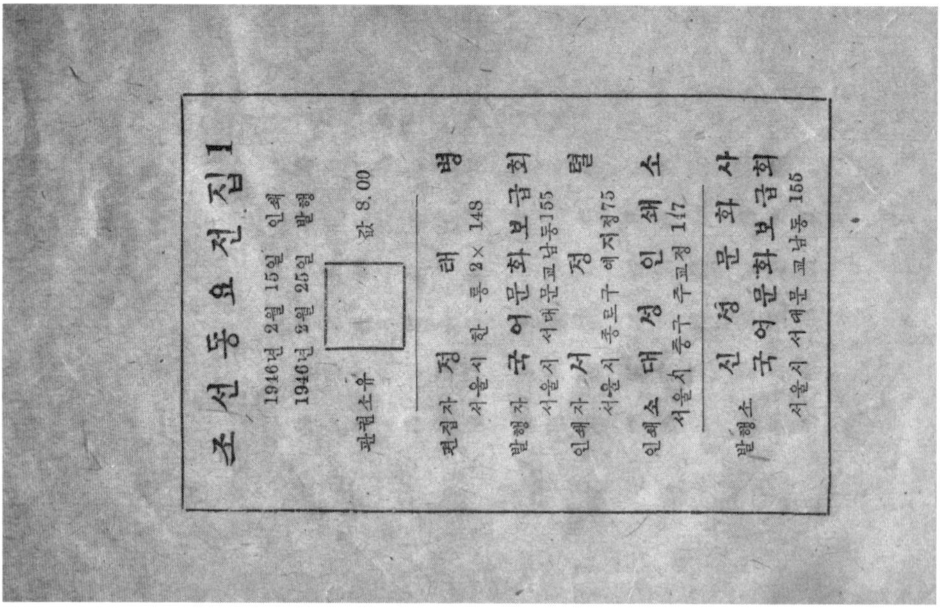
조선동요전집 1

1946년 2월 15일 인쇄
1946년 2월 25일 발행

판권소유 값 8.00

편집자 정 태 병
서울시 한 룡 2× 148
발행자 국어문화보급회
서울시 서대문교남동155
인쇄자 서 정 렬
서울시 종로구 예지정75
인쇄소 대성인쇄소
서울시 중구 주교정 147
발행소 신성문화사
국어문화보급회
서울시 서대문 교남동 155

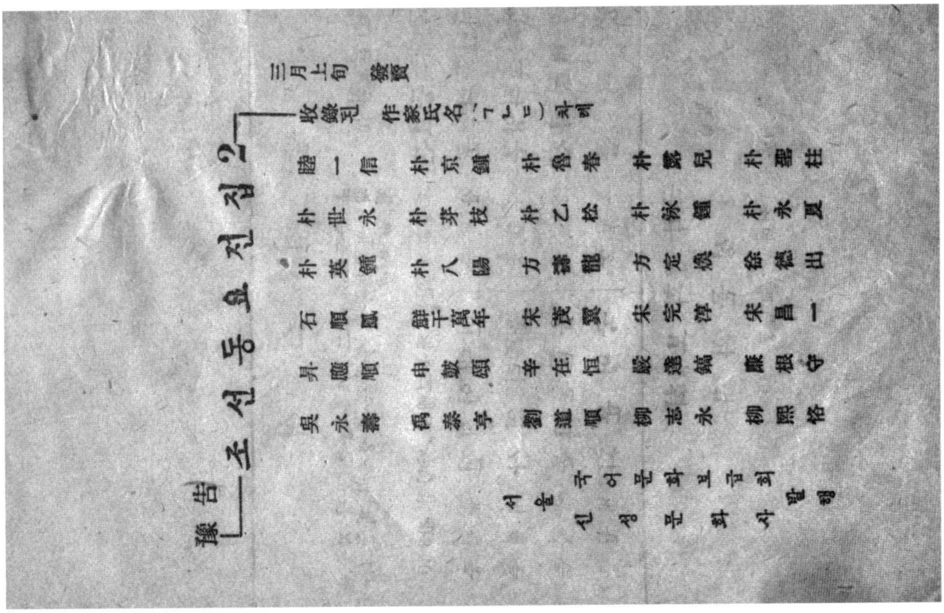

豫告

조선동요전집2

三月上旬 發賣

收錄된 作家氏名(ㄱㄴㄷ)차례

睦一信 朴京鍾 朴魯春 朴露兒 朴墨柱
朴世永 朴芽枝 朴乙松 朴泳鍾 朴永夏
朴英鍾 朴八陽 方壽龍 方定煥 徐德出
石順鳳 鮮于萬年 宋茂翼 宋完淳 宋昌一
昇應順 申鼓頌 辛在恒 嚴達鎬 廉根守
吳永壽 禹泰亨 劉道順 柳志永 柳熙恪

국어문화보급회
서울 신성문화사 발행

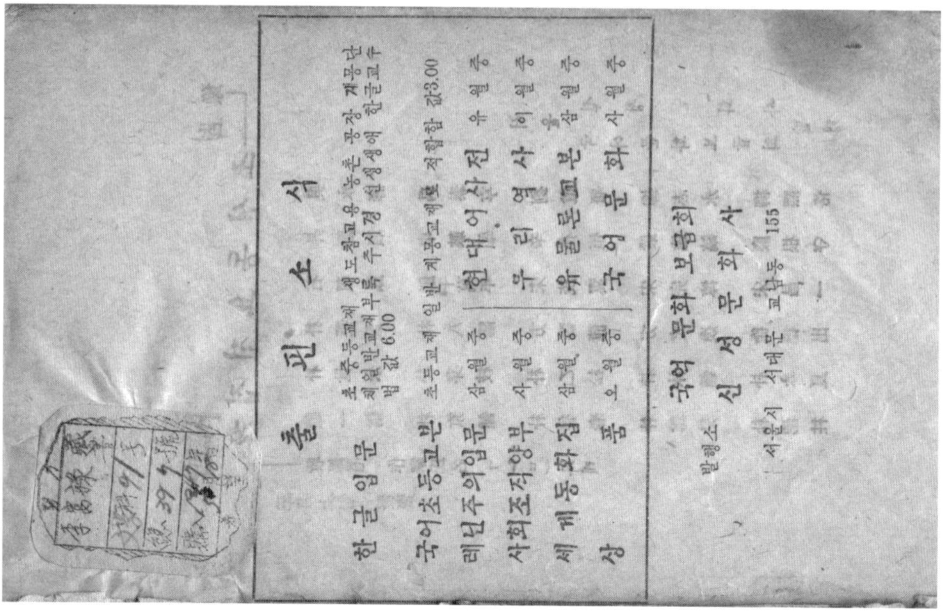
출 판 소 식
한글입문 초 중등교재 생도참고용 농촌 공장 계몽단체월반교재부록 주시경 선생생애 한글교수법 값 6.00
국어초등고본 초등교재 일반 계몽교재로 적합함 값3.00
레닌주의입문 삼월중
사회조직양부 사월중
세계동화집 삼월중
상품 오월중
현대어사전 유월중
우리역사 이월중
유물론고본 삼월중
국어문화 사월중
국어 문화 보급회
발행소 신성문화사
서울시 서대문 교남동 155

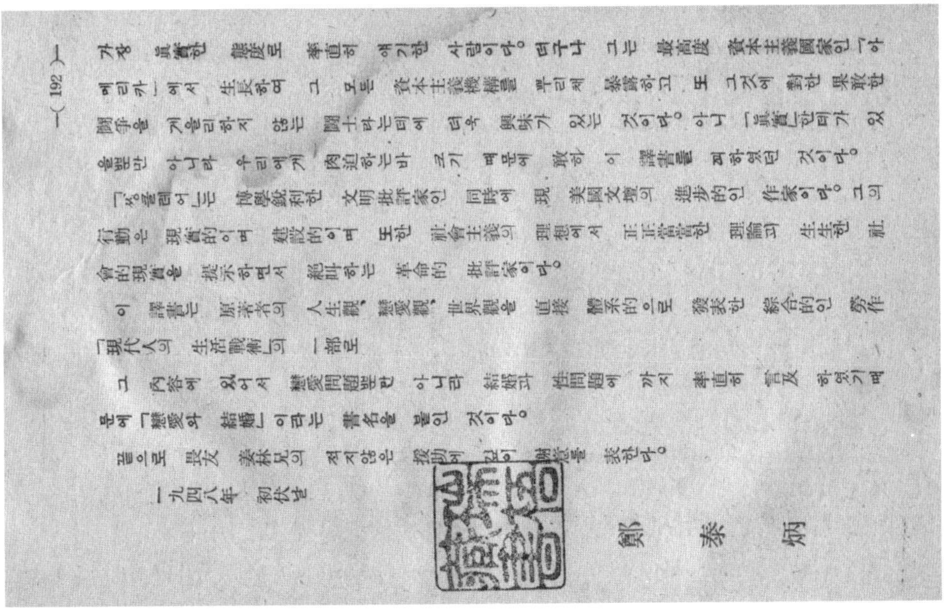

一(192)一

가장 眞實한 態度로 率直히 얘기한 사람이다。더구나 그는 最高度 資本主義國家인「아메리카」에서 生長하여 그 모든 資本主義機構를 뿌리채 暴露하고 또 그것에 對한 果敢한 鬪爭을 게을리하지 않는 鬪士라는데에 더욱 興味가 있는 것이다。아니「眞實」한데가 있을뿐만 아니라 우리에게 內迫하는바 크기 때문에 敢히 이 譯書를 꾀하였던 것이다。

「씽클레어」는 博學銳利한 文明批評家인 同時에 現 美國文壇의 進步的인 作家이다。그의 行動은 現實的이며 建設的이며 또한 社會主義의 理想에서 正正當當한 理論과 生生한 社會的現實을 提示하면서 絶叫하는 革命的 批評家이다。

이 譯書는 原著者의 人生觀、戀愛觀、世界觀을 直接 體系的으로 發表한 綜合的인 勞作「現代人의 生活戰術」의 一部로

그 內容에 있어서 戀愛問題뿐만 아니라 結婚과 性問題에 까지 率直히 言及하였기 때문에「戀愛와 結婚」이라는 書名을 붙인 것이다。

끝으로 畏友 姜林兄의 적지않은 援助에 깊이 謝意를 表한다。

一九四八年 初伏날

鄭 泰 炳

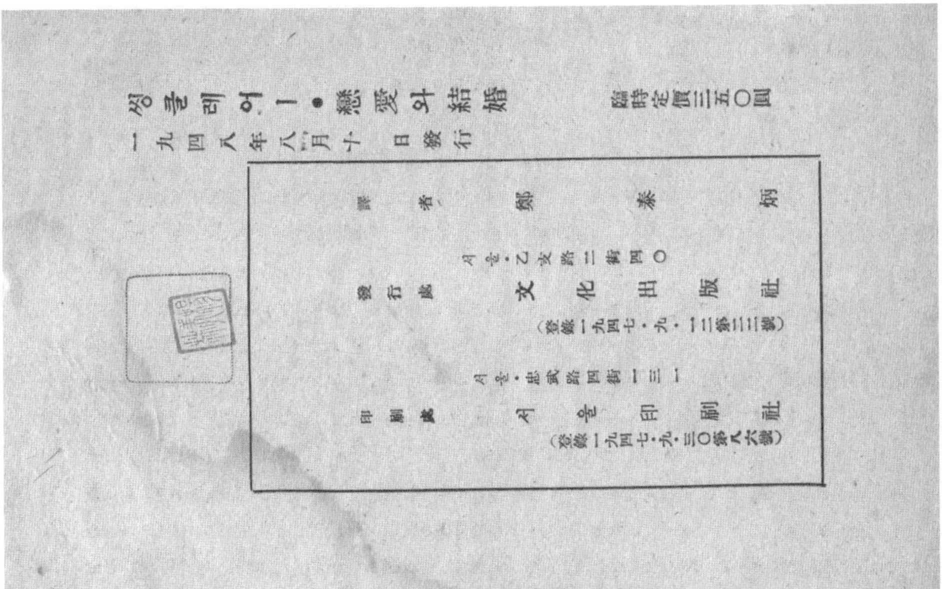

씽클레어 ● 戀愛와 結婚　　臨時定價三五〇圓

一九四八年八月十日發行

譯者　鄭 泰 炳

서울·乙支路二街四〇
發行處　文 化 出 版 社
(登錄一九四七·九·一二第三二號)

서울·忠武路四街一三一
印刷處　서 울 印 刷 社
(登錄一九四七·九·三〇第八六號)